鄭瓜亭의 綜合的 새 研究

鄭瓜亭의 綜合的 새 研究

李 勝 明

책 머리에

이 글은 향토가 낳은 고려 때의 문인 정서(鄭敍)의 정과정(鄭瓜亭)을 종합적으로 고찰하는 데 주안점을 두었다. 주지하는 대로 정서는 동래(현재는 부산광역시 연제구)에 유배와서 정과정이라는 노래를 지음으로 충신으로서 만대에 그 이름을 남기고 있다.

"오래지 않아 다시 데려오겠다."는 약속을 굳게 믿고 20년이라는 긴긴 날을 수영강 기슭 어디에 오이밭을 일궈 놓고 외롭게 혼자 귀양살이 하면서도 원망 한번 하지 않고 임금을 그리며 자신의 허물 없음을 노래했던 과정(瓜亭) 정서(鄭敍), 만고의 충절이며 그의 노래는 노래라기보다 차라리 절규였으리라. 배신을 밥먹듯하고 변절을 처세의 수단으로 하는 오늘날 우리의 세태에 비추어 볼 때, 어찌 보면 천진하고 어찌 보면 바보스럽기도 한 정서(鄭敍), 그 우직함이 그로 하여금 오늘에 이르기까지 충신으로 일컬음을 받게 하였으며 그의 노래는 충신이 임금을 그리워하는 노래의 효시로 고려 이후 조선시대에는 말할 것도 없고 현재까지 교과서에 실리는 등 우리의 입에서 떠나지 않고 있다.

정서(鄭敍)의 귀양살이 20년도 긴 세월이지만 필자가 이 글을 머금은 지도 참으로 오래 되었다. 그러니까 필자가 대학에 다닌 60년대 초, 고전문학 연습 시간에 정과정(鄭瓜亭)을 맡아 발표하였는데, 그때 은사 鄭鉒東 교수(경북대, 작고)께서 보시고 논문으로 완성하여 학회지에 발표할 것을 권유하셨는데 당시 필자는 이미 국어학을 연구키로 작정하였으므로, 국어학 공부를 어느 정도 이룬 다음 꼭 이 글을 완성하여 보여 드리겠다고 약속 드렸는데 그 후 대학에서 배우고 가르치는 사이 국어학 연구에 빠져 틈을 얻지 못하다가 오늘에야 그 약속을 지키게 된 셈이다.

이 글을 완성하는 데는 또 다른 자극이 있었다. 1993년 가을 어느날 정과정 연구에 하나의 이정표를 마련하신 또 한 분의 은사 權寧徹 교수(대구가톨릭대학교 명예교수)님과 역시 이 연구를 하신 金宅圭 교수(전 영남대)님과 학회를 마치고 뒷풀이 하는 자리에서 이 연구에 대한 의견을 나누었는데 많은 충고와 함께 역시 결과를 내라는 뜨거운 격려가 있었다.

  그 사이 이 방면의 연구가 더러 나오기도 하여 또 계속 머금고 있었는데 마침 1996년 부산의 연제 문화원이 개원되면서 동래·연제 지역의 문화적 탐구로 무엇을 좀 연구해 보라는 연제 문화원의 권유가 있어 다시 이 글을 깁고 다듬었는데 별 내용도 없으면서 더 이상 미룰 수 없어 정년을 맞은 오늘에야 내 놓게 되었다. 다시 한번 스스로의 재주 없음을 자책한다.

2003. 2. 27.

백양산 서재에서 필자 이승명

목 차

서 론

    이 글은 향토가 낳은 고려 때의 문인 鄭敍의 정과정을 종합적으로 고찰하는 데 주안점이 있다. 주지하는 대로 정서는 동래(현재는 부산광역시 연제구)에 유배시 정과정이라는 노래를 지음으로 만대에 이름을 남기고 있는데, 부산에 사는 우리 부산 사람들은 정과정을 문학사적 측면에서 뿐만 아니라 정신사적 측면에서도 알아야 하기 때문에 이에 대한 종합적 연구를 시도하게 되었다.

    정과정은 우리 모두, 특히 부산에 사는 부산 사람들은 꼭 알아야 할 이유를 잠시 다음과 같이 빌어 본다.[1]

---

[1] 이 글을 쓰던 당시에는 "제1회 부산을 가꾸는 학술대회, 부산 시대를 살아가는 내 고장의 역사와 문학, 〈정과정 연구〉 요지:42"였으나 그 뒤 김무조(1997)로 일부 개고 발표되었음.

> 첫째, 정과정곡은 동래의 유래를 간직하고 있는 역사적, 문화적 원형이다.
> 둘째, 정과정곡은 우리가 살고 있는 동래 땅에서 만들어졌다.
> 셋째, 정과정곡의 제작 동기를 상기하여 현대를 살아가는 우리의 역사적 시각을 올바르게 정립해야 한다.
> 넷째, 정서가 이 고장에 남긴 정신이 임진왜란을 극복한 동래, 수영토민들의 정신적 바탕이 되었음을 상기해야 한다.
> 다섯째, 과정의 옛터는 반드시 성역화되어 지방 시대를 살아가는 겨레의 2세들에게 교육의 현장을 제공되어야 한다.
> 여섯째, 정과정곡은 향가의 십구체 마지막 형식으로 국문학사에 보존되어 있다.
> 일곱째, 고향의 정신을 올바르게 이해하는 작업이 궁극적으로 애국애족하는 길이다.
> 여덟째, 우리 부산을 정신문화의 불모지라는 오명에서 벗어나게 하려면 정서의 정신을 올바르게 이해해야 하는 것이다.

고 하였는데 다소 향토지향적 성향이 없는 바는 아니나 지방시대를 살아가는 우리로서 대체로 타당한 근거라고 생각된다. 특히 문화의 불모지로 잘못 알려진 향토 부산의 문화의 뿌리를 캐고 다지는 뜻에서도 그러하다.

　정과정의 종합적 고찰에 대한 문학계의 관심은 그리 크다고 할 수 없다. '정과정'의 문제를 새롭게 해석하기 위한 이론적 토대가 제대로 마련되지 못했기 때문이다. 따라서 몇몇 개별적 의미분석은 시도된 바 있지만, 정과정의 전반적인 모습을 조감하고, 특히 역사적·구조적 양상을 구체적인 자료로 검증하지 못했다. 그런 가운데에서도 다음의 논저는 이 분야의 연구에 디딤돌이 될 만한 중요한 의의를 지니고 있다.

> 권영철, 정과정가 신연구, 경북대 대학원, 1975.
> 이가원, "정과정곡의 연구," 성균 4호, 성균관대, 1963.
> 이승명, "청산별곡 연구," 고려시대의 언어와 문학, 형설출판사, 1978.
> 파전학국학당, 과정문학의 재조명, 1997.

이 가운데 권영철의 정과정가 신연구는 연구방법에서나, 자료면에서나 고증의 절차 등 제반 문제에 있어 새로운 해법을 제시하였는데 본 연구에 크게 도움이 될 것이다.

본 연구는 주로 문헌 중심의 연구 방법 가운데 해석론(interpretation)의 틀을 적용하기로 한다. 문헌 이론에 따르면, 한 시대의 문헌은 좋든 나쁘든 일단은 한 시대의 史實을 사실적으로 기록하고 있다고 볼 수 있으나, 그 기록이 담겨질 당시의 시대 상황도 크게 작용한다고 볼 때 해석론의 강한 이론적 뒷받침이 있어야 올바르게 조명될 수 있다. 따라서 본 고에서는 문헌 해석학의 방법론에 현지 답사를 통한 문헌 이외의 방증 자료의 수집에도 힘을 기울였다. 그러나 수집된 자료들을 필자의 의도에 맞도록 억지로 끌어 들이는 일은 배제하고, 있는 그대로의 자료를 사실적으로 인용, 객관적 해석에 주력하였다. 왜냐하면 이 글은 어떤 작품을 평론하는 것이 아니고 있는 사실을 그대로 비추어 보려는 데 목적이 있기 때문이다.

문학은 표출자의 감정의 발로임으로 특정 작품은 그 작품 나름으로는 독립적으로 존재한다. 특정 작품은 그 어느 것과도 다른 그 작품만의 독립된 세계가 있다는 것이다. 그러므로 정과정을 종합적으로 밝힌다는 것은 작품의 일부를 밝히는 것이 아니라 그 작품에 관련되는 여러 부문을 논의해야 한다는 것인데, 사실 10구체의 작품 하나를 두고 그리 긴 논의를 유도할 수 없는 것이 본 연구의 한계이다.

이 연구는 이 고장의 사람들에게 큰 긍지를 심어 주는 효과를 기대하였기 때문에 가급적이면 쉽게 쓰는 방향으로 연구가 진행되었음을 아울러 밝혀 둔다.

정서의 가계·생애

어떤 작가나 작품에 대한 올바른 이해를 얻기 위하여는 그 작가의 가계, 사람 됨됨이, 살았던 시대의 역사적 배경, 교우, 작품 등에 대한 종합적 연구가 시도되어야 한다. 정과정 연구도 예외는 아니다.

우선 정과정에 대한 문헌의 기록부터 보자.

高麗史 志 卷 第 七十一에

鄭瓜亭

鄭瓜亭 內侍郎中鄭敍所作也 自號瓜亭 聯昏外戚 有寵於仁宗 及毅宗卽位 放歸其鄕東萊 曰今日之行 迫於朝議也 不久當召還 敍在

東萊 日久 召命不至 乃撫琴 而歌之 詞極悽惋 李齊賢 作詩解之曰
憶君無日不霑衣 政似春山獨子規 爲是爲非人莫問 只應殘月曉星知.

정과정

정과정은 내시랑중 정서가 지은 것이다. 서는 瓜亭이라 自號했고
외척과 혼인을 맺어 인종의 총애를 받았다. 의종이 즉위하자 그의 고
향인 동래로 돌려보내면서 이르기를 "오늘 가게 된 것은 조정의 의논
에 몰려서이다. 머지 않아 불러 들이게 될 것이다." 서가 동래에 오래
머물러 있었으나 소환 명령이 오지 않았다. 그래서 거문고를 타면서
이 노래를 불렀는데, 가사가 매우 슬펐다.(이하줄임)

이라 하여 정서가 정과정2)을 지은 것임을 분명히 하고 있다.

이는 대부분의 고려 속요가 작자 미상임을 상기할 때(이승명,
1975:236) 특기할 만 한 것이다. 작가가 분명한 이상 작가에 대
한 고찰은 필수적이다.

2.1. 정서의 가계

鄭一謨의 동래 정씨 선계 계보도(정일모, 1996:2)에 따르면,

---

2) 정과정을 연구자에 따라서는 정과정가(권영철, 1975) 또는 정과정곡(국
   어국문학사전 1989-2604)이라고 부르고 있다.

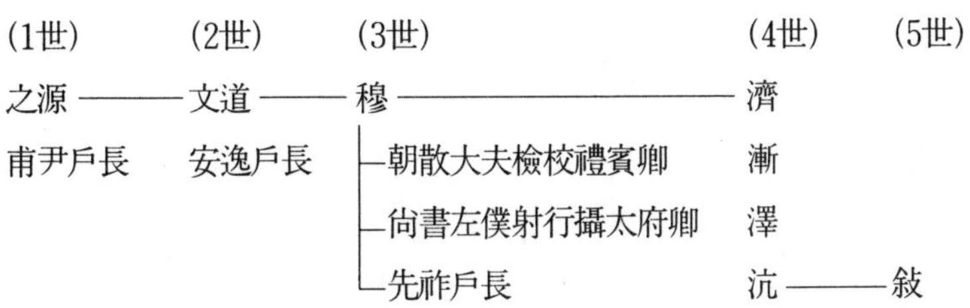

정서는 거족 동래 정씨로 고려 때 시조 동래군 安逸戶長 鄭之遠의 5世孫이며, 禮部尙書 · 知樞密院事 文安公 沆의 아들이다.

좀더 자세한 계보를 알아보기 위하여 鄭華(1960)의 동래 정씨 보도 제1집과 동래 정씨 가록을 중심으로 세보를 보면,

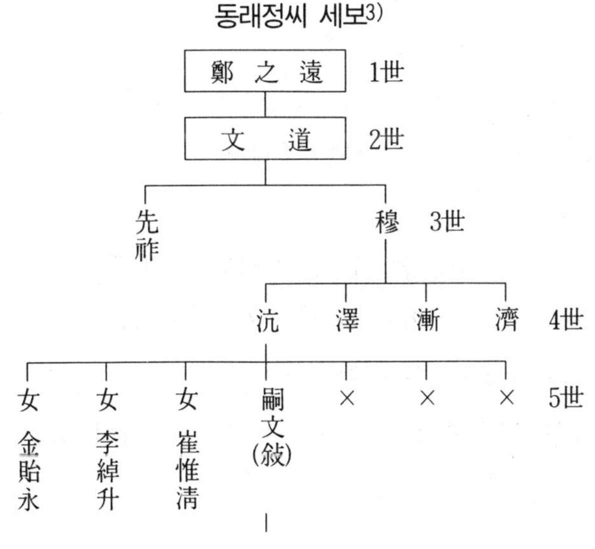

동래정씨 세보[3]

─────────────────────

3) 권영철, 정과정가 신연구, 경북대 대학원, 1975, p.11.

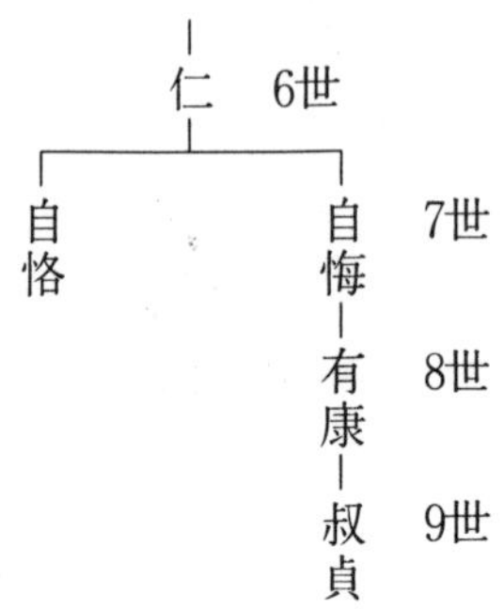

　　정서의 옛 이름은 嗣文이다. 정일모의 경우는 동래 정씨 선산 華池山을 중점적으로 조명한 관계로 선계의 가계 전반을 권영철의 경우를 빌어보면,(권영철, 1975:12)

　　一世 鄭之遠, 二世 文道는 모두 安一戶長이었으며, 3世 穆은 文科에 나아가 尙書左僕射攝太府卿이었고, 先祚는 또한 戶長이었다.

　　穆에는 四子가 濟, 漸, 澤, 沆이 있었다. 장자의 濟는 侍郞이었으나 일찍이 죽었고, 차자 漸은 進文科하여 郞中·御史雜端·慶尙道都部署使였고, 다음 澤은 역시 進文科하여 給事中太子贊善大夫 僉議府贊成事였고, 막내 沆은 鄭敍의 아버지로, 그의 행장은 다음과 같다.

禮部尙書知樞密院事 文安公 沆 墓地銘[4]에

　公諱 沆 字 子臨 其本 東來郡人也 考 諱穆 攝太府卿 祖 諱文道
曾祖 諱之遠 皆爲本府戶長 母高氏 卦上黨郡夫人 檢校將作監 諱益
恭之女也 太府府君 有四子 曰濟 曰漸 曰澤 公 則季也 濟 末顯 早
卒 漸 澤 皆以文章材幹 有名于朝 公 幼而敏悟 學若夙成 太府府君
最所鐘愛 年二十三 擧進士及第 肅宗 臨軒覆試 擢置第二人 俄屬內
侍 出爲尙州牧掌書記 秩滿 睿宗 召復內侍 授直史館 移直 翰林院
轉神虎衛錄事 軍器主薄 皆兼翰林院 天慶六年 春 受旨 爲執奏 處
心平直 出納惟允 俄遷 將作太府主薄 權知閤門祗候 明年 拜右正言
知制誥 論事敏亮 不避權貴 當途者忌之 以殿中內給事 通判全州牧
召還爲左正言知制誥 轉左司諫 仁宗 初卽位 元舅李資謙 當國 忌大
臣不附己者 及朝中剛正之士 誣罪逐之 下遷 公爲殿中內給事 累遷
禮部員外郎 復知制誥 丙午夏 李氏 敗 以形部員外郎權知承宣 末幾
遷禮部郎中 餘幷如故 明年 卽眞朝廷新 去大蠹 萬事草創 公 悉心
獻納 多所釐革 上 亦倚以爲重 尋 加試禮賓少卿殿中秘書少監左副
承宣 充史館修選官 賜金紫服 又進右承宣禮部侍郎翰林侍讀學士太
子左諭德 大宋紹興 三年 掌成均試 遷朝散大夫左承宣吏部侍郎 又
除國子祭酒翰林學士 知制誥兼左諭德 明年 同知貢擧 得士之盛 前
無與比 尋爲秘書監樞密院知興事兼太子左庶子 俄試國子監大司成
餘幷如 故 公 前後 以恩及勞 累散官 至太子太保 會 朝廷多故 上
欲大用公 以究其才 而疾奪其命 嗚呼痛哉 公 爲人 學無不通 然 未
嘗以氣待物 聰明辯博 而守之以默 剛果正直 而行之以和 遇人 恂恂

4） 東萊鄭氏家錄, 卷 2.

惟謹 而不可于以私 其在上前 持大議論 必博經義 辨秦疊疊不窮 上
每咨重焉 又久處近密 練達朝廷規制 凡求墜典逸禮者 皆就公訪焉
旣疾 上 差御醫官二人 護視 比疾革 下批爲 通議大夫知樞密禮部尙
書翰林學士承旨知制誥 以示平日欲大用之意 詔下而卒 實紹興六年
十一月二十七日辛卯也 上 聞之 爲之震悼 爲不視朝 賻祭有加等 贈
諡文安 粵十二月十三日 火其柩于京城南彰信寺 南山之麓 收遺骸權
厝京北山寂炤佛寺 至明年閏十二月十二日庚午 遷葬于松林 山丁向
之原 禮也 漸 刑部郎中御史雜端 澤 給事中太子贊善大夫 與公 皆
年至五十七歲 吁其異哉 公之平生 一無所愧 而行己履德 亦無蹇于
道者 其遭時遇君 如此其密 而年不及耆壽 位未登宰輔 使其所蘊 不
克大施于天下 凡知與不知 所以痛悼咨嗟 而未 旣者以此也 公 娶王
氏 左僕射參知政事景烈公 諱國髦 女也 累封江陵郡夫人 生子男四
人 餘皆早夭 其季曰嗣文 以蔭爲將仕郎良醞丞同正 今相國任公 婿
也 女 三人 長 適侍御史知制誥崔惟淸 次 適內弓箭庫判官李綽升
次 適內侍戶部員外郎金貽永 銘曰 壽吾不知 命亦遇然 胡畀之德 而
薄其年 端遇于聖 位不究焉 惟德之茂 惟聖之遇 年位厚薄 夫豈足顧
嗚乎 後之慕公之德者 來我玄堂之路而已

라 했고, 또한 同 家錄卷之二十一丁

麗史 名臣傳에

鄭沆 字 子臨 東萊郡人 父穆 太府卿 沆 姓 潁悟好學 肅宗時 中
第 補尙州司錄 州人 以年少 易之 及臨事善斷 皆歎服 州人 數司錄

二鄭一韓 謂沆及 鄭克永 韓冲也 秩滿 直翰林院 睿宗朝 以內侍 掌奏事 處心平直 出納詳明 隨李資謙 如宋 館伴學士王 見所製表章 稱歎之 還拜右正言 論事讜直 爲權貴所忌 通判全州 尋 召還 爲右司諫 歷按楊廣忠淸兩道 仁宗 幼冲卽位 李資謙 威勢震赫 郡守及奉使者 競聚歛 以媚之 沆 獨不然 資謙 敗 拜樞密院承宣 陞知奉事 勸王讀書 學業 日就 王 以妙淸言 幸西京 妙淸 鄭知常 欲王長御西京 諷諫官 請停修上京 宮闕 沆 再上疏 請修葺舊宮還御 言甚切直 王從之 知貢擧 崔滋 盛出試題 謬誤 有司 請罷貢擧 擧子金胎永 沆之女婿 王妃 母弟也 尹英瞻 承宣韓惟忠 女婿 亦妃寂也 妃 勸王勿罷擧 沆 與惟忠 亦因宦官于請 得不罷 十四年 沆 有疾 王 遺內醫 診視 疾革 進知樞密院事 禮部尙書翰林學士承旨 命下 翌日卒 年 五十七 王 震悼 輟朝弔祭 聞其家無擔石之儲 歎曰三十年近侍十一年承制 貧如是 可嘉也 加贈光百石 布二百疋 御筆 特謚文安 子敍 仕至內侍郞中 以恭睿太后妹婿 有寵於 仁宗 性 輕薄有才藝 交結大寧侯璟 常與遊戲 鄭諴 金存中等 誣稱叙罪以聞 毅宗疑之 臺諫 劾叙 陰結宗室 夜聚宴飮 乃流于東萊 語在大寧侯傳 叙 將行 王謂曰今日事 迫於朝議也 行 當召還 叙 旣流 召命久不至 乃撫琴 作歌 詞極悽惋 自號瓜亭 後人 名其曲 爲鄭瓜亭.

또, 東國輿地勝覽(卷三十二, 全州條)에도 그가 全州牧通判으로 있을 때의 기록이 보이는데,

○ 鄭沆

睿宗朝 爲右正言 論事讜直 忤權貴 出爲通判 尋 召爲司諫

이로 볼 때, 沆은 문종 34년 경신에 나서, 인종 14년 병진 (1080-1136 A.D.)에 생을 마쳤으니, 향년 57세였고, 일찍 세상을 뜬 백씨 제를 제외하고는 삼형제가 모두 57에 생을 마감한 것은 우연치고는 흥미로운 일이다. 그는 어려서부터 민첩하고 재주가 있어 일찍이 학문을 익혀 23세에 급제하였으며 통하지 않는 학문이 없고 총명하며 박식하였으나, 조용히 침묵을 지켜, 한 때 二鄭一韓이라 하여 鄭克永, 韓冲과 더불어 두 사람의 정씨, 한 사람의 한씨로 알려졌고, 동지공거로 나아가 선비로서의 됨됨이를 갖춤이 비교할 데가 없었고 입조하여서는 이자겸을 배척하고, 나아가 묘청 정지상파를 논박한 왕당파 충신이 되었고, 그가 죽음애 인종이 애도하여 조정을 폐하고 조제하고 탄하기를 "삼십년근시하고 십일년승제하되 가난함이 이와 같으니 가가야"라고 한 명사이었다.

沆의 기록은 이외에도 얼마든지 있다. 또한 沆은 아들 넷 가운데 위로 셋은 일찍 죽고 끝에 敍(嗣文)가 있고, 그로하여 상국공 임원후의 사위로 만들어 외척이 되었고, 딸 셋이 있었는데 시어사 지제고 최유청, 내궁전고판관 이작승, 내시호부원외랑 김이영 등 당시의 쟁쟁한 인사를 사위로 맞이한 사람이었다.

5세 敍 이후는 후손이 없다는 말도 있으나 동래정씨가록 및 동도보에 따르면, 6세에 인이 있고, 그에게는 또한 두 아들이 있었으니, 곧 자회 자각이고, 자회에게는 아들 유강이 있었고 유강에게는 아들 숙정으로 이어지는 등 9세까지는 보이나, 그 뒤는 끊긴 것으로 보인다.

이상의 기록으로 볼 때 정서는 호가 瓜亭이며 巨族 東萊鄭氏로서 始祖 東萊郡 安逸戶長 鄭之遠의 5世孫이며, 禮部尙書·知樞密院事 文安公 沆의 아들이다.

2.2. 정서의 생애

이미 언급한 대로 정서의 옛 이름은 嗣文이다. 그의 태어남과 돌아간 때에 대하여는 기록에 남아 있지 않다. 다만 여러 기록을 종합해 보면 고려 예종, 인종, 명종 등 4대에 걸쳐 산 인물임을 추정할 수 있다. 이제 그 행장의 기록을 더듬어 보겠다.

정서의 父 沆의 묘지명(앞에 나왔음)을 보면 인종 14년(1136 A.D.)에, 「將仕郞良醞承同正」5)이라 하여 蔭職6)으로 정서가 이미 정9품의 자리에 올라 있었으니까 인종 전 예종시대의 사람으로 볼 수 있다.7) 고려시대는 대개 18세 이상이 되어야 벼슬에 나아갈 수 있었으니 정서는 예종대에 출생한 사람으로 보아야 할

---

5) 酒禮를 관장·제공하는 관리.
6) 고려 목종 이래로 문무 5품 이상의 아들에게는 과거를 거치지 않고 음직을 주었다.
7) 東萊鄭氏家錄 卷 2.

것이다. 음직으로 나아간 정서는 차차 벼슬이 높아져 인종을 거쳐 의종대에는 內侍郎中8)의 벼슬에 이르렀고9), 동래와 거제로 유배를 당했다가 명종 원년(1170 A.D.)에 대사령에 의해 복귀되었으니 정서의 생애는 4대에 걸친 삶이었다고 미루어 볼 수 있다.

뿐만 아니라, 그는 인종의 왕비인 恭睿太后의 妹壻로서 相公인 任元厚의 사위가 되었고, 인종과는 동서간이 되고 의종의 이모부가 되었다. 고려사 世家편에 의하면 그가 동래로 유배당한 것이 의종5년 5월 25일의 일이고 이로부터 정중부의 난이 일어나 왕이 물러나고 王第인 翼陽侯 晧(명종)가 즉위하여 그해 10월 4일 大赦令이 내려져서 풀려나기까지 오랜 세월 묶여 있었으니 결국 20년 간 유배생활을 보낸 셈이 된다.(박노준, 1989:7)

그렇다면 정서의 20년10)에 걸친 오랜 적지 생활은 도대체 어디서 비롯되었는가?

권영철은(권영철, 1975:14)

---

8) 시랑의 아래 있는 관료로 정 5품.

9) 부친의 덕으로 음직에 나갔던 嗣文은 부친 사후 이름을 敍로 고치고 1142(A.D.)경 어린 나이에 예부시에 급제하고 오래지 않아 御史中丞에 승진, 1149-50(A.D.)년 경에 禮部侍郎·翰林侍讀學士에 승진했다가 의종의 미음을 사 內侍郎中으로 강등되어 동래로 유배되었다가 1170(A.D.)년 10월 명종 원년에 원직 禮部侍郎·翰林侍讀學士로 복귀했다는 주장이 제기 되기도 했다.(여운필, 1998, 10-18)

10) 의종 5년(1151 A.D.) 5월부터 명종 원년(1170 A.D.) 10월 사이 동래·거제 등지에서 유배생활을 했으니 정확히는 19년 5개월 간이다.

"恭睿太后는 長子인 毅宗 보다도 次子인 大寧侯 暻을 더 愛寵하였던 바, 敍도 이에 동조한 나머지 晚年 20년간에 亘한 그 流謫의 비애를 맛본 것이었다. 그러나 그는 그렇다고 해서 現王 의종을 배척했는 것도 아니었으니, 私的으로 人情型이요, 公的으로 忠臣型이었다. 그러기에 의종도 주위의 눈치를 살펴가며, 여러 번 그를 모함에서 돌보아 주었고, 旣流에는 구차한 변명과 不久召還의 약속까지 하였으며, 그도 또한 獻詩로써 忠臣戀主之詞 鄭瓜亭歌를 읊었으니 말이다."

라고 하여 大寧侯 暻을 편애하는 데 동조한 것이 미움의 싹이 되었다고 보고 있다.

이를 좀더 알아보기 위하여 다음을 보자.

"子敍(중략) 交結大寧侯暻 常與遊戲 鄭諴 金存中 等 誣構敍罪 以聞毅宗疑之 臺諫劾敍陰結宗室 夜聚宴飮 乃流于東萊 語在大寧侯傳. ……"

(고려사 열전 鄭沆조)

아들은 敍이니(중략) 大寧侯 暻과 교결하여 항상 함께 놀고 희롱하므로 鄭諴 金存中 등이 서의 죄를 거짓 얽어서 아뢰어 의종이 의심하는데 대간이 서가 가만히 종실과 결탁하여 밤에 모여 주연을 한다고 탄핵하므로 이에 동래에 귀양보냈다는 말이 大寧侯傳에 있다.

결국 정서는 의종과 그를 둘러싼 김존중, 정함 등의 참소로 내쫓김을 당하고 그후 동래(현재의 부산광역시 연제구)로 거제로 20년이라는 실로 길고도 긴 유배의 생활을 맞게 된 것이다.

여기서 잠시 정서의 유배 원인을 쉽게 풀이한 정길자의 경우를 들어 보겠다.(정길자와 함께하는 향토기행(4) 기다림의 사연 정과정곡, 1997.10. 향토신문)

"정서는 공예왕후 임씨의 여동생과 혼인하였으므로 인종과는 동서 간이며 공예왕후가 낳은 장남(18대 의종. 1127년 출생), 차남(대녕후 경), 3남(19대 명종) 등 처조카들과의 교류도 자연스럽게 이루어 질 수 있었다. 17대 인종이 38세의 젊은 나이로 승하하자 인종의 유언에 따라 장남(18대 의종)이 20세로 즉위하였다. 인종재위시 인종비 공예왕후는 장남이 태자로 책봉된 후에도 그의 태자 책봉 반대를 포기하지 않았는데 예부시랑 정습명의 충직한 간언으로 인종이 장남의 승계를 최종 확정하였던 것이다. 당시 공예황후는 장남이 격구같은 오락이나 풍류에 빠져 학문을 싫어하고 왕이 될 수업을 게을리 함을 우려해 도량이 넓고 인심을 얻고 있는 차남에게 왕위를 승계시키고 싶었다. 어머니의 장남에 대한 우려는 장남이 왕이 된 이후 후유증이 생겼고 급기야는 무신들이 무력으로 의종과 그 측근의 무신과 내시들을 축출하고 인종의 3남(19대 명종 1170-1197 A.D.)을 왕으로 추대하였던 것이다.…… (중략) 이러한 결말을 초래한 의종 때에 정서가 이곳 현재의 연제구로 귀양오게 된(의종 1151-1157 A.D.) 사유는 정서가 18대 의종의 동생 대녕후 경을 집에 맞아드려 연회를 베풀고 유희

하면서 종실과 결탁하려 한다는 것이 이유였다.

　당시 의종 유모를 아내로 맞아 드린 환관 정함과 의종의 시학이었던 김존중이 궁중행정을 맡은 내시직에 있을 때 이 둘은 역시 내시랑중 벼슬에 있던 정서를 모함한 장본인들이었다. 특히 김존중은 의종에게 "태자는 어리고 종친은 번성하니 왕위를 넘겨다 볼까 두렵다."고 늘 경계심을 일깨우고 정서가 그러한 위험 인물임을 무고하였다. 의종은 몇번이나 확인하여 정서에게는 아무런 혐의가 없음을 알았으나 이들의 끈질긴 모함으로 조정의 논의에 밀려 정서를 이곳에 귀양 보냈고 6-7년이 지난 의종 1년 1157(A.D.)년에는 대녕후 경도 천안으로 유배시키고 정서를 다시 거제로 이배시킴으로써(의종 1157-1170 A.D.) 도합 19년 간의 유배생활을 보내어야 했다. (이하 줄임)"

　의종 5년인 1151(A.D.)년 동래로 유배된 그가 동래로 귀양길을 떠날 때 의종은 "오늘 동래로 귀양보내게 된 것은 조정 신하들의 논의에 밀렸기 때문입니다. 오래지 않아 불러 돌아오게 될 것입니다."라고 했다. 그러나 이 후 정서는 거제로 옮겨지고 의종 대에는 끝내 돌아가지 못했다. 庚寅난으로 의종이 폐위되고 명종에 이르러서야 겨우 귀양에서 풀려 개성으로 돌아가게 되었다.

　또한 그를 성이 경박하다고 하였으나(양주동, 여요전주, 1959: 202), 그런 구체적인 기록은 아무 데도 보이지 않는다.[11]

---

11) 권영철, 앞의 책. p.14.
　「그러나 추측컨데 두 가지 면에서 그런 것이 엿보이는 듯도 하는 바, 그 하나로서는 감히 의종이 무능하나 鄭襲明 등의 힘으로 인종을 계위하였

정서는 정과정 이외에도 동국문헌에 의하면 잡서 3권을 찬술하
였다고 한다.

> 雜書三卷 鄭敍撰 崔文淸公滋 得之 李中書藏用家 附于 補閑集卷
> 末12)

라고 하였으나 정작 〈補閑集〉 卷末에는 그것이 보이지 않고, 다
만 〈補閑集〉卷上 本文 중에 그의 〈雜書〉가운데 한 項을 引用한
대목만이 보일 뿐이다.(권영철, 1975:15)

> 鄭中丞叙 雜書 載 崔侍中惟善詩云
> 黃鳥晚啼愁裡雨
> 綠楊晴弄望中春
>
> 又 梳詩云

은 즉, 새삼 대녕후와 가까이 지내어 야음에 頻繁히 연회한다함은 그리
현명한 일이라 할 수 없으리니, 세인이 이를 일컬어 〈경박〉이라고 했지
나 않았는가 하는 요소와, 또 하나는 그가 재예가 있다고 하였으니, 대
개 재기과인하고 다방면의 제예를 가진 자는 아마 세인이 보기에는 좀
지나친 점도 있었을 것이니, 기록에는 일부 그 세평을 그대로 옮긴 것이
아닌가 한다. 그러나 그의 작품의 〈정과정가〉나 한시 〈제묵죽후〉란 오
언절구당체시 등을 볼작시면 사극처완·불속·유자함은 있을지언정 그
性이 경박하다고 볼 수 없다.」고 하여 그의 성품이 경박하지 않았음을
논의하고 있다.
12) 東文選 卷 四 續破閑集 序에 '又得 李中書藏用 家藏鄭中丞叙 所撰 雜書
三卷 幷附于後篇 以俟通儒冊補'라는 기록도 있다.

入用宜加首
何曾在也中
非特才華贍給 足以知位極人臣也
　今觀 侍中集 如加首之句 頻多 鄭 何取此一聯 知位極人臣也 始
公 顯廟 甘二十年 起廉前試御苑種仙桃 應題 直書云云 御批爲 榜
元位極人臣兆 此詩矣

또 동문선에는

〈題墨竹後〉
閑餘弄筆硯　　한가한 나머지 붓과 벼루를 희롱하여,
寫作一竿竹　　한줄기 대를 그리었네.
時於壁上看　　벽에 걸어놓고 이따금 보노니,
幽姿故不俗　　그윽한 자태가 짐짓 속되지 않네.
　　　　　　　　　　〈제묵죽후, 묵죽 뒤에 제하여〉 (동문선)

　5언절구의 시가 보이는데 그윽하고 속되지 않은 시풍을 보이고
있다. 그 뒤 조선의 성종조 때 崔淑淸(1433-1480)이

　吾東方詩學 始於三國 盛於高麗 極於聖朝 其間 斧藻裁品者 若鄭
中丞嗣文……

라고 하여 정서의 시를 일컬어 斧藻된 일품이라 논평하고 있다.

제작의 연대와 장소

3.1. 제작 연대

정과정의 제작 연대로 지금까지 대개 5가지 설이 있다.(권영철, 1975:10)

1) 의종시대 — 5년 - 24년(1151-1170 A.D.)
┌ ∘양주동 — 여요전주(p.22)
│ ∘손낙범 — 우리 어문학회편, 국문학사(p.48)
│ ∘이병기 — 국문학전사(p.104)
│ ∘장덕순 — 국문학통론(p.114)
│ ∘고◯옥 — 국어국문학요강(p.378)
└ ∘이◯선 — 조선문학사(p.73)

2) 동래시대 — 의종 5년 - 11년(1151-1157 A.D.)

  ┌ ∘조윤제 — 조선시가사강(p.98)

  │ ∘김사엽 — 국문학사(p.258)

  │ ∘김동욱 — 한국가요의 연구(p.163)

  │ ∘김기동 — 국문학개론(p.52)

  └ ∘천대산인 — 고가요집주(p.29)

3) 거제시대 ① — 의종 20년(1166 A.D.)이후-

  ∘양염규 — 한국문학십강(p.198)

4) 거제시대 ② — 의종 24년(1170 A.D.) - 9월-10월

  ∘이가원 — 성균 4집(p.74)

5) 동래시대[13] — 의종 8년 - 11년(1157 A.D.)

  ∘권영철(앞의 책 p.32)

이 중 권영철은 그 제작시기를 정서의 수난사를 연대별로 정리하여 근거로 보였는데 가장 면밀한 고찰을 거친 것이라고 본다. 그의 논의는 방대함으로 그가 보인 종합표를 보인다.

---

13) 2)와 5)가 같은 동래시대이나 그 시기가 달라 따로 보였음.

적요\기별	장소	왕조	년	월	일	사건
발단	개경	의종	1 5	3	21	◦의종의 즉위 ◦정습명의 자결 ◦환신의 진출
제1차 수난	〃	〃	5	윤4	17	◦정함의 帶犀사건 ◦정함, 김존중의 무고
제2차 수난	개경및 동래	〃	5 5 5-11	5 5 6-2	8 25	◦왕식, 이원응 등 서의 죄를 논함과 ◦재상간관등의 합소로 피수 석방 ◦동래로 태장유배 ◦죄를 정부에 기록
제3차 수난	동래 및 거제	〃	11	2	12	◦거제로 재사배
제4차 수난	거제	〃	15-24	10 10	7	◦처任씨 子화 義章으로부터 무고 당하다.
복귀	개경	명종	24	10	4	◦대사령으로 복전

권영철 (1975 : 29-30)의 표

위 표에서 보는 대로 정과정은 동래의 유배지에서 지어 졌는데 그 제작시기는 길게는 의종 5년에서 11년 사이, 짧게는 의종 8년에서 11년 사이, 더 좁혀 의종 10년 전으로 볼 수 있다.14)

---

14) ⅰ) 권영철, 앞의 책, p.22.
　　「그렇다면 본가의 찬성년대를 의종 10년 전후로 볼 수 있으며, 찬성한 장소는 동래이며, 또한 撫琴而作詞한 장소는 과정이란 정자일 것이다.」

3.2. 정과정 옛터의 살핌

정서가 임금이 다시 불러 줄 것을 기다리며 유배의 나날을 보냈던 옛터는 과연 어디일까? 최근 이에 대한 관심이 일면서 여러 가지 설이 제기되고 있다.

문제의 발단은 정서가 지었다는 과정이라는 정자가 일찍이 헐어져 없어진 데서 비롯된다. 다만 문헌의 기록만이 보이는데 그 해석을 둘러싸고 이론이 제기되고 있다. 우선 문헌의 기록부터 보자.

瓜亭

在縣 南十里○鄭敍 仕高麗 以恭睿太侯妹婿 有寵於人宗 毅宗朝 被讒放歸田里 王謂曰 行 當召還 然久以不召 乃築亭 種瓜 撫琴作歌 以寓戀君之意 詞極悽惋 自號瓜亭 樂府鄭瓜亭 卽其曲也 亭址尙存[15]

과정은 현의 남쪽 10리에 있었으나 지금은 없다. 정서는 고려 때 벼슬을 하였는데 공예태후의 매서로 인종의 총애를 받았으나 의종 때 참소를 받고 쫓겨나 田里에 돌아와 살았다. 왕이 말하기를 곧 부를

---

ii) 박노준, 앞의 논문, pp.27-28.
　　제작 시기에 대한 이설을 제기하고 있다.
15) 東國輿地勝覽 卷 23 東萊郡條 嶠南誌 卷 49 東萊郡 樓亭項 瓜亭條 및 東萊郡誌

것이라고 하였으나 오래도록 부르지 않아 정자를 짓고 외를 심으며 거문고를 타서 노래를 지었는데 임금을 그리워하는 가사가 극히 슬프고 한스러웠다. 스스로 과정이라는 호를 지었으며 악부 정과정이 바로 이 곡이다. 정자의 터는 지금도 있다.

로 대강 옮길 수 있는데, 남쪽 10리가 과연 지금 어디이며 '전리'가 막연히 고향이 아니라 구체적 부락명이라는 데서 이견이 제시되고 있다.

이 논의는 대체로 전통적으로 내려오는 속칭 鄭瓜亭川說과 현 부산광역시 연제구 연산 7동에 있는 田里 부락설로 압축된다.

3.2.1. 정과정천설

먼저 정과정천설을 보자.

권영철은,

"후인들이 회고시를 상당 수 남겨 주었으므로16)하여 그것이 현존하고 있다함은 주지의 사실이었으나, 막상 그 구체적인 장소에 대해서는…… (중략) 막연히 동래군남십리에 있다고 하였을 뿐이었다. 그러기에 필자가 직접 조사한 바에 의하면 이 과정지는 現 東萊郡 水

---

16) 1366(A.D.) 鄭樞의『정과정』을 비롯 조선 선조 때 1650(A.D.)경에 지어진 李元鎭의『정과정』등 정과정을 찾아 회포를 피력한 회고시가 있음을 볼 때 "과정"이 당시까지는 존재했음을 입증해 준다.

面 鏡岩里에 있으니, 기록과는 틀림없이 동래의 南 10리에 해당하며
또한 현 위치를 더 알기 쉽게 말하자면, 양정동 로타리와 부산여대
(구 부산여자대학교, 현재는 부산시 북구 괘법동 산 1-1로 옮기고 신
라대학교로 개칭하였음.)에서 북으로 약 10리허에 絲川과 洗兵川이
합류하여 水營江을 이루는 조금 앞서서 洗兵川邊 鏡岩이라는 지금
도 여전히 남아 있는 巨岩위에 그 舊趾가 있다."

하고 대동여지도에 임의로 표지를 붙이고 다시 그 약도까지 그려
보이고 있다.(권영철, 32-33)

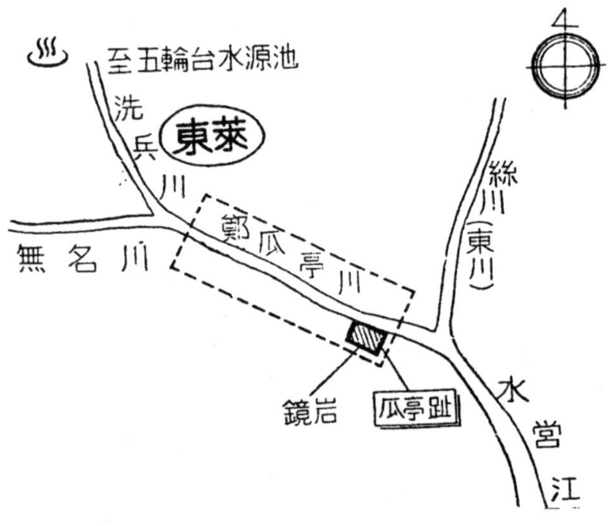

그는 그림 설명으로 이어

"瓜亭趾는 五輪臺水源地에서 남류하는 洗兵川이 이름없는 조그
마한 無名川과 합류하여 내려가다가 水營江을 미처 이루기 전에 있
다. 후인들은 특히 이곳을 중심으로하여 點線內를 일컬어 지금도 상
기 〈鄭瓜亭川〉이라고 부르고 있는 것이었다."(권영철, 1975:32)

라고 하여 과정천설을 폭넓게 정리하고 있다. 이에 버금하여 이
를 뒷받침하는 또 하나의 주장을 보자.

"옛날 瓜亭이 있었던 곳은 도시계획에 밀려 공장지대로 화하였는
데 원래 이곳에도 1984년에 부산사대부속국민학교[17] 어린이회에 의
해서 〈鄭瓜亭 옛터〉라는 조그마한 화강암 비석이 세워져 있었다. 그
러나 이것도 이제 매몰 직전에 직면했다. 그리고 土鄕會라는 고향을
기리는 모임에서 1985년에 鄭瓜亭 詩碑를 건립하였다.

현재 시비가 서 있는 곳은 행정구역상으로는 남구 망미동에 속한
다. 정서가 유배생활을 하던 곳을 중심으로하여 자연환경을 그대로
살펴 본다면 시비가 서 있는 곳이 바로 望拜地로서 龍尾에 해당하는
용두곶이고, 그 위가 望山인데 지금은 토곡 주택 아파트 단지가 조성
되어 있다. 이 망배지로 알려진 동산 앞으로는 수영강이 흐르는데 이
동산 앞으로 흐르는 물을 瓜亭川이라 한다. 水營江은 세 곳의 물을
받아 水營灣으로 흘러 보내고 있는데, 五輪臺에서 시발하는 絲川, 金
井山에서 시발하는 洗兵川, 荒嶺山에서 시발하는 無名川의 물이 합
류하여 瓜亭川이 되고, 水營江은 水營灣 입구를 이르는 말이다. 이

---

17) 부산 교육대학교 부속 초등학교였음.

과정천 건너편 모래밭이 삼각주로 이곳이 바로 오이밭을 일군 곳이라
전한다. 이 모래톱에서 망배지로 건너오는 곳에 〈오옹건내〉라는 징검
다리가 옛날에는 있었다고 전한다. 이 〈오옹건내〉라는 말이 정서와
깊은 관계가 있는 것이다. 〈오옹〉이란 오이할아버지이고 〈건내〉는 건
너는 냇물이란 뜻이다. 정서는 이 냇물의 징검다리를 이용하여 망배
지와 오이밭을 왕래한 것으로 보아 진다.

　지금 시비가 서 있는 곳은 용두곶에서 바위의 뿌리가 과정천으로
내밀고 있다. 이 바위를 일컬어 〈鏡巖〉이라고 한다. 〈鏡巖〉은 정서가
一日三省하며 참회와 충절을 맹세한 곳이다.18)"

라고 하고 이어

　"新增東國與地勝覽 東萊 古蹟條에는 〈瓜亭在縣南十里〉라 되어
있고, 〈亭基至今存焉〉이라고 있다. 또 李齊賢, 鄭樞, 韓脩, 柳淑 등
이 이곳을 편유하고 심회를 술회한 시도 함께 소개해 놓고 있다. 嶠
南誌 東萊篇에도 樓亭條에 〈瓜亭在南十里〉라 하고 東國與地勝覽을
그대로 인용하고 李崇仁, 尹暄, 李春元 등의 시를 첨가 소개하였다.
이 두 기록으로 보아서 과정은 동래현에서 십리 거리에 있었다고 보
면 지금 추정하고 있는 위치가 거의 맞는 것 같다. 그리고 많은 시인
묵객들이 이 곳을 찾아 옛 流客의 유허지를 참배했음도 알 수 있다.
그러나 〈瓜亭〉을 勝覽에는 古蹟條에, 嶠南地에는 樓亭條에서 다루
고 있는 것을 보면 아마도 瓜亭은 조선조 초기까지도 정자 자체는 전

---

18) 제1회 부산을 가꾸는 학술대회 ; 부산시대를 살아가는 내 고장의 역사
　　와 문학 "정과정 연구" 요지, p.42.

하지 않고 있었다는 결과이다.[19]"

라 하여 정자는 不存하였음을 보이고 있다.

이 또한 말미에 약도를 제시하고

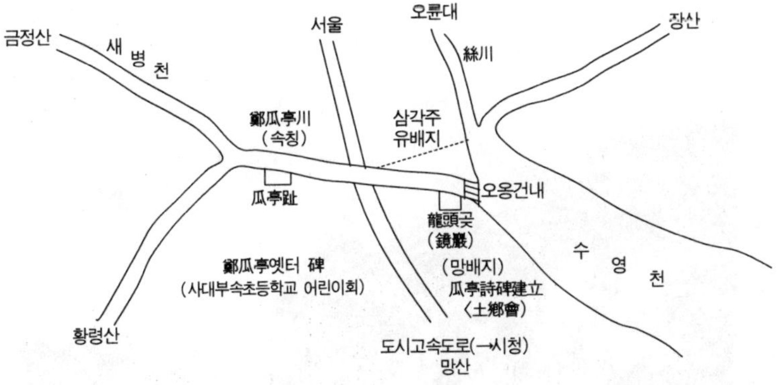

앞의 권영철의 지도와는 다소 작도상의 차이는 있으나 발상의
근저는 같다고 볼 수 있다. 논자의 말대로 이 논의는 "現地踏査
를 통한 考證, 원주민 高老들의 傳言, 이 고장 傳來의 고사와 속
설의 분석, 지명의 해석 등을 원용하여[20]" 얻어진 결과라 함으로
설명이 더 자세한 것이 특징이다.

---

19) 18)와 같음.
20) 19)과 같음.

그렇다면 행정관할구청인 연제구청의 견해는 어떤가? 연제구
청이 공식적으로 여기가 정과정 옛터라고 따로 표명하지는 않았
으나, 다음의 그림과 그 해설에서 구청의 견해를 얻어 보는 데는
무리가 없다. 연제구청은 정과정 옛터라하여 김봉진의 그림 한
폭을 머리에 보이고 다음과 같이 해설하고 있다.[21]

"현재의 연제구와 수영구의 경계인 동래천과 수영천이 합류하
는 자리가 정과정 옛터다. 20여년 전까지만 해도 그 일대를 〈정

---

21) 제1회 연제구 개청기념 학생 백일장 및 그림 그리기 대회 입상작품집
    (1995)의 발간사 뒷쪽.

과정〉이라 불렀다. 고려 의종 때 정서가 1151년 이곳으로 귀양온 뒤 귀양살이를 하면서 노래 〈정과정〉을 지은 자리다. 현재 경동 레미콘회사가 들어서 있는데 그 자리에 부산교육대학교 부속국민학교에서 1981년 〈정과정 옛터〉란 표석과 함께 〈정과정 시비〉를 세웠으나 현재 수영 하수처리장 확장 공사로 시립박물관에 보관하고 있다."고 하여 다소 엉성하나 역시 과정천설을 뒷받침하고 있다.

전문적 고증은 아니지만 엄경흠(엄경흠, 1997:157-158)도

"다시 걸음을 돌려 주공 아파트 아래편으로 오면 아파트에서 아래로 내려오는 길이 주택가와 마주치는 곳이 있다. 이 곳에서 수영강을 따라 동래쪽으로 올라가다 보면 하수처리장을 지나 온천천이 수영강과 합류하는 지점이 있다. 이 지점의 동래 쪽으로 기울어진 곳이 고려 의종 당시 정서가 정과정이라는 정자를 지어두고, 개성에 계신 임금인 님을 그리워하며 지냈던 곳이라고 알려져 있다. 이곳의 옛 지명은 섬안마을, 또는 독도마을이었는데, 수영강이 흘러내려가며 만든 모래벌 위에 솟아 있는 언덕이 마치 섬처럼 보였기 때문에 불렸던 명칭으로 보인다. 이 섬안마을이라는 명칭은 지금도 지도상에 표시되어 있어 오랜 세월 변하지 않고 불리고 있다.

정과정이 있던 위치에서 오른쪽으로 보면, 아래로 수영강이 유유히 흘러내리고 강건너 편으로 멀리 옛 장산국의 중심이었던 장산(萇山)이 바라보인다. 또한 현재는 많은 건물들과 하치장들이 자리잡고 있

지만, 원래 넓은 들판으로 모래벌과 갈대들이 어울려 있어 한적한 아름다움을 지녔던 것으로 상상되는 수영강변이 보인다. 이 수영강변에 정서가 귀양와서 지냈던 집이 있었다고 알려져 있다.
　　그러므로 정서는 수영강을 사이에 두고 집과 정자를 오가며, 임금이 다시 불러줄 것을 기다리며 지냈다는 것을 알 수 있다."

고 하여 정과정천설을 뒷받침하고 있다. 뿐만 아니라, 그는(엄경흠, 1997:162)

　　"정과정이 있었던 장소는 야트막한 산으로, 아래로는 수영강이 수영만을 향해 느린 흐름을 유지하고 있다. 그리고 정서는 강 건너편에 집을 짓고 살았다고 전해진다. 그러므로 그는 항상 강물을 보면서 지냈을 것이다."

고 하여 상상의 나래를 펴고 있는데 과정의 옛터가 정과정천이었음을 확신하고 있는 것 같다.[22]

3.2.2. 田里 부락설

'田里'는 '고향'이 아니라 연제구 연산7동에 있는 부락의 이름으로, 따라서 과정의 옛터는 연산 7동에 있는 田里 부락이라는

---

22) 엄경흠, 한시와 함께 시간여행, 부산, 전망, 1997.

주장이다. 이 설을 제기한 쪽은 문제의 앞서 문헌에서 '放歸田里'의 '田里'를 故鄕으로 새겨서는 틀린 새김이라는 것이다. 왜냐하면 문제의 대목은 과정의 위치와 유래를 알리는 내용이기 때문이다. 뿐만 아니라 高麗史 節要 11권 의 '杖流鄭敍于東萊'라 하여 정서를 곤장을 쳐서 동래로 내쳤음을 밝히고 있는데 정서는 동래 태생이 아니므로 그 증조부인 鄭文道의 고향으로 보아야 하는데 정문도는 邑吏(東萊府誌)였으므로 府에서 서쪽으로 10리 떨어진 곳에 살았을 리가 없고 거꾸로 유배나온 정서가 읍내에서 귀양살이를 했을 리 없으니 田里는 막연히 고향으로 볼 것이 아니라 지명으로 보아야 한다하고 한글학회에서 펴낸 땅이름 큰 사전(1991, 5004)에 "田里를 부산 동래 연산 新里 동남쪽에 있는 마을"로 적고 있어 '田里'는 옛부터 연산동에 있는 부락 이름으로 불려 왔음을 보이고 구체적으로 지금의 연제구 연산 7동의 연산 로타리 쪽으로 갈라지는 삼거리가 있으며 삼거리 옆으로 복개된 쌍미천이 있고 쌍미천 다리밑을 보면 아직 구획정리가 되지 않은 조그마한 지역이 田里이고 그 일대를 모두 田里라 불렀다. 정서 유배시대만 하더라도 이 일대는 깊은 산골이었을 것이라 보고 정서는 부락에서 떨어진 곳에서 살았을 것이며 과정의 옛터는 찾을 수 없다고 하여 '田里'설을 내세우고 있다.

이제 이 주장의 근거를 보자.

연산 7동 田里 부락설은 매우 기발한 착상이며 또 그만한 논지가 있기에 이 설을 제기한 쪽의 주장의 거의 대부분을 걷어 싣는다.

瓜亭옛터에 對한 考察

瓜亭의 옛터는 연산7洞에 있는 田里부락이다.

모든 古文獻에서 東萊地理에 關한 記錄을 보면 모두 똑같은 내용으로 되어 있는 것을 볼 수 있다.

東國與地勝覽에는 在縣南十里라고 記錄되어 있으며 東國與地勝覽을 제외한 모든 地里志에는

瓜亭(苽亭) ：　在府(縣)南十里今無鄭敍仕高麗以恭睿太后之妹婿
　　　　　　　有寵於仁宗 毅宗祖被讒放歸田里　王謂曰 行 當召
　　　　　　　還久而不召乃築亭　種瓜撫琴作歌　以寓戀君之意
　　　　　　　詞極悽惋 自號瓜亭 樂府鄭瓜亭 卽其曲也 亭基至
　　　　　　　今存○詩見下…… — 중략 —
　　　　　　　(옮긴 글은 34쪽의 옮김과 거의 같아 줄임)

그런데 어떤 분은 田里를 故鄕으로 解釋하여 故鄕인 東萊로 귀양왔다고 하는 분들이 있다. 그러나 田里를 故鄕으로 解釋하면 안된다. 왜냐하면 여기에 紹介된 內容은 瓜亭의 位置와 由來를 알리는 內容이기 때문이다.

高麗史節要 11권에 보면 杖流鄭于東萊라고 되어있어 鄭敍는 곤장을 때려 東萊로 귀양보냈다고 解釋되며 東萊로 귀양 보냈음을 밝히고 있다. 그러나 東萊읍에서 귀양살이를 했을 리는 없고 東萊군 안

에서 했다고 보아야 한다. 각 地里志에 在府(顯)南十里…… 放歸田里에서 田里를 고향으로 解釋하면 부(현)에서 10리 떨어진 고향에서 살았다라고 된다. 그러면 鄭敍는 東萊에서 출생하지 않았으므로 증조부인 鄭文道의 고향으로 보아야 하는데 정문도는 東國與地勝覽이나 동래부지에는 邑吏이며 묘는 부에서 서쪽 7리에 있다라고 記錄되어 있다. 정문도가 읍吏라면 읍내에서 살았지 읍에서 10리 떨어진 곳에서 살았을 리가 없지 않는가? 군장이었던 정문도가 지금처럼 출퇴근을 하지는 않았을 것이기 때문이고 각 地里志에 지명을 記錄하지 않고 막연하게 고향이라고 記錄할 이유가 없는 것이다.

그렇다면 田里는 지명으로 보아야 한다. 그런데 과정의 옛터는 연산 9동과 망미동 경계 지점이라고 주장하는 분들이 있다. 주장할 수 있는 근거는 고지도 중 일부에 표기되어 있는 것 외에는 아무 記錄이 없다.

문헌의 記錄을 있는 그대로 소개를 하면 주장하고 있는 곳이 瓜亭의 옛터가 아니라는 것이 알려지는 것이 싫었는지 記錄의 중요한 부분을 누락시키고 새로운 가설로 일관하고 있다. "그날의 瓜亭은 물길로 모래가 쌓인 삼각주였을 것이다.", "그 오이 가꾸기마저 성가시면 강가에 낚시대를 드리워 낚시질을 했을 것이다." 등이 있지만 이런 記錄은 어떤 문헌에도 없다.

직할시 30년(1357면)에 보면 "유배지인 東萊 瓜亭에서 정자를 짓고 오이를 심고 거문고로 노래했다고 했다."라고 인용되어 있는데 이는 田里를 瓜亭으로 바꾸어 버렸으며 "田里에서 살다가 곧 부른다고 한 임금이 오래 동안 부르지 않아 정자를 짓고 오이를 심고 鄭瓜亭曲을 작곡했다."라고 소개되었어야 될 것으로 생각되며(자료 1)

또 연제신문에 기고한 內容을 보면 鄭瓜亭曲의 제작지의 근거를 확실하게 하기 위하여 전언, 고사와 속설의 분석 지명의 解釋 등에 의하여 이곳이라고 하고 망미란 말은 바로 美人을 望拜했다는 뜻에서 생겼으며 정서가 하루 두 번씩 개성을 향해 망배했다고 하고 東萊府誌에 의하면 '鄭瓜亭舊地在府十里'라 했다고 적고 있으나 잘못 고증된 것이다.

문헌의 記錄은 무시하고 전언이나 속설의 분석도 그렇고 지명의 解釋은 그 당시의 지명을 解釋해야 하는데도 현재의 지명 즉 망미동을 解釋의 대상으로 삼았다는 것이 잘못이다. 정서와는 아무 관련이 없고 문헌을 완전 무시한 것이다. 왜냐하면 망미동은 1914년 일제가 행정구역을 조정하면서 이곳에 있던 北外洞과 求樂洞을 통합하여 붙인 동명이기 때문에 망미동을 解釋한다는 자체가 무의미하기 때문이며, 東萊府誌에는 鄭瓜亭舊地在府十里라는 記錄은 어디에도 없다. (자료 2, 3, 지도 5)

그러면 이곳이 瓜亭의 옛터로 볼 수 없는 사례를 소개한다.

첫째, 茶島(지금 안락 1동 동진하이츠아파트 주변으로 추정됨)가 地里志와 지도에 나온다.(東萊府誌에 보면 茶島는 在釜南 7里에 있으며 작설차가 난다. 경상도읍지에는 茶島는 在釜南 5里에 있다. 大東地誌, 與地圖, 東國與地勝覽에는 在縣南 4里에 있다)라고 記錄되어 있는 것을 알 수 있다.

이곳에 섬이 있다는 記錄과 지도에 표기되어 있는 것을 볼 때 이곳까지 물이 차 있었다고 보아야 한다. 이곳까지 물이 찼다면 이곳보다 지대가 낮은 연산 9동과 망미동 경계지점은 당연히 물이 차 있었을 것으로 볼 수 있다. 물속에서 정자를 짓고 오이를 심을 수는 없을 것이다.(자료 1, 2, 3, 4, 5, 지도 1, 2, 4, 5)

둘째, 해운포영(좌수영)은 (東國與地勝覽에는 東 9里, 東萊府誌
에 東 10里, 大東地誌에는 東南 10里에 있다)라고 記錄되어 있으며
연산 9동과 망미동 경계는 해운포영에서 북쪽에 位置하고 있으므로
연산 9동과 망미동 경계지점은 동쪽에 있기 때문이다.23) 記錄에는
瓜亭은 남쪽 10里에 있다라고 記錄되어 있어 전혀 다른 곳이라고 볼
수 있다.(지도 1, 2, 3, 4, 5 참조하여 좌수영과 비교)

셋째, 古지도에는 瓜亭(鄭瓜亭)으로 표기된 것도 있고 표기되지
않은 것들도 있다. 표기된 것 중 瓜亭의 표기는 모두 다른 곳으로 표
기되어 있음을 볼 수 있을 것이다. 터가 있는 것을 확인하고 표기를
하였다면 지형을 이용하여 비슷한 곳에 표기되었겠지만 터는 확인하
지 않고 표기한 것으로 보인다.(지도 1, 2, 3, 4, 5)

그러면 瓜亭의 옛터는 왜 記錄과 상이한 곳에 표기되었는지 문헌
의 記錄에서 살펴보다.

東萊府誌(영조 16년 1740년)방리조에 보면 남부면에 崇亭里가 관
문에서 9里 떨어져 있다라고 되어 있으며 경상도읍지에는 崇禎里로
되어 있으며 관문에서 9里에 있다라고 되어 있고, 東萊邑誌(순조 32
년 1832년)에도 崇亭里가 나오며(고종 31년 1894년)에는 崇禎里가
없어지고 求樂里가 나오며 1914년 일제가 행정구역을 개편할 때 求
樂洞과 北外洞을 합하여 망미동이란 동명으로 개칭하였는데 求樂里
에 해당하는 지역에 海東地圖에 鄭瓜亭이라고 표기한 곳을 보면 高
麗重要處圖에 표기되어 있는 求樂里 위치에 표기되어 있음을 알 수
있다.(자료 3, 지도 5)

---

23) 성문이 엉성하고 문맥이 잘 통하지 아니하나 원문을 존중하여 그대로
   싣는다.

古지도를 자세히 보면 地里志의 기록과 일치하지 않고 전혀 다른 곳에 잘못 표기되어 있는 것을 종종 발견할 수 있다. 그러나 한번 잘못 표기되면 그 이후 제작되는 지도들은 앞의 지도와 비슷해지는 경우가 있다.

地里志의 記錄과 해동지도를 비교해 본다.

◎ 상산 : 府의 동쪽 15리에 있다.(東萊府誌, 慶尙道邑誌, 大東地誌, 與地圖)

東萊부지에는 산의 정상에 평탄한 곳이 있고 그 가운데가 저습한데 사면이 토성과 같은 형상이며 둘레가 2천여 보 된다.(속) 장산국터라고 한다라고 되어 있음에도 이 지도에서는 장산국터를 상산 중턱에 표기하고 있다.(1)

◎ 의상대 : 금정산 정상에 있다. 해뜨는 것을 볼 수 있다(東萊府誌, 경상도읍지, 여지도)라고 되어 있는데, 범어 천변에 표기하고 있으며,(2)

◎ 오륜대 : 재부동 20리 사천변에 있다.(東萊府誌)

재현북 15리 냇가에 있다(경상도읍지, 여지도)라고 되어 있는데 이 지도는 사천에서 멀리 떨어진 산속에 표기하고 있다.(3)

◎ 동 대 : 동쪽 10리 사천변에 있다(東萊府誌, 경상도읍지, 여지도)라고 되어있는데 이 지도에는 사천변이 아니고 산밑에 표기하고 있다.(4)

◎ 백양사 : 금용산에 있었으나 지금은 없다(東萊府誌)라고 되어 있으나 금용산이 아닌 평지에 표기하고 있다.(5)

◎ 동백도 : 東萊府誌에는 절영도의 동북쪽에 있다라고 되어 있고

대동지지에는 석포 동남쪽에 있다고 하였으나 이 지도에는 절영도 옆에 표기하고 있음.(6)

◎ 고읍성 : 해운포에 있다.(東萊府誌, 東國與地勝覽)

◎ 해운포 : 동쪽 9리에 있었으나 지금은 폐하였다라고 되어 있으나(東萊府誌, 東國與地勝覽) 이 지도에는 남쪽에 표기하고 있으며,(7)

◎ 과 정 : 남쪽 10리 田里에 있다.(東萊府誌, 경상도읍지, 대동지지, 여지도, 東國與地勝覽)라고 되어 있으나 이 지도에는 동쪽에 표기하고 있음을 알 수 있으며,(8)

◎ 이 지도상에 표기되어 있는 좌수영 뒤에 산은 배산인데도 별도의 산을 그려 놓고 있으며,(9)

◎ 사직단 : 재부서 5리에 있다.(東萊府誌, 경상도읍지) 재현서(東國與地勝覽)

◎ 소가정 : 재부서 15리에 있다.(東萊府誌) 재북 8리에 있다.(경상도읍지, 여지도)

◎ 기비현 : 재부서 8리에 있다.(東萊府誌, 東國與地勝覽, 경상도읍지, 여지도) 서 10리(대동지지)로 記錄되어 있으나 이 지도에서는 같은 방향에 나란히 표기되어 있다.(10)

◎ 엄광산 : 재부남 30리 상구지봉하 두모진이 있다.(東萊府誌) 서남 28리에 있고 구봉은 엄광산 위에 있다.(동국지지) 재부남 30리에 있으며 산 위에 봉수가 있다.(경상도읍지)라고 되어 있으나 엄광산과 구봉을 별도 산으로 표기하고 있다.(11)

◎ 오해야항 : 재부서 8리(東萊府誌) 동평현에 있으며 거리는 43리이다.(東國與地勝覽) 재부 서남 43리(경상도읍지) 남 43리

(대동지지)라고 표기되어 있고(12)

◎ 왜관 : 옛적에는 부산 두모진에 있었다. 숙종 무오(1678)년에 초량으로 이설하였다. 거리는 부에서 30리(東萊府誌)라고 되어 있는데(13)

지도 1에서는 사천면 하단에 표기하고 있고 왜관과 나란히 표기하고 있으며 지도 3.4에서는 절영도 옆 섬에 표기하고 있는 것을 볼 수 있다.

특이한 것은 地里志에는 산 정상이나 산 속으로 記錄되어 있는 것은 평지에 표기하고 있으며(의상대, 백양사) 냇가에 있다고 記錄되어 있는 곳은 산중에 표기(오류대, 동대)하고 있다는 것을 알 수 있으며, 이해할 수 없는 표기로(鄭瓜亭, 동백도, 장산국기, 오해야정, 배산, 엄광산) 등이 있다. 이 경우는 방향 등 전혀 엉뚱한 곳에 표기되어 있으며 존재하지도 않았던 지형을 그려 놓고 있다. 內容을 분석한 바, 방향이나 원근이 제대로 표기되어 있지 않기 때문에 이 지도에 표기된 곳을 이 지도를 가지고는 찾아갈 수 없다고 판단된다.

왜 이렇게 地里志와 지도가 맞지 않는 이유를 알기 위하여 지도 제작의 역사를 알아보기 위하여 지리학사(홍시환, 1989) 211면에 보면 청구도의 특징을 요약하고 있다. 청구도는 이전의 지도보다 과학적 근거에 입각한 제도방식을 이용하였으며 전국도로서는 가장 정밀지도였는데 청구도에서 해결하지 못한 점은 도식이 재래식이며 방위는 정확하나 높고 낮음과 지점이 불명확하다라고 적고 있는 것으로 볼 때 우리나라 고지도는 정밀도에서는 많이 부족함을 알 수 있고, 특히 東萊府 고지도를 살펴보면 방위표시는 되어 있으나 이력하여 현실과 너무 많은 차이가 나는 것을 알 수 있다.

첫째 : 동서쪽에 있어야 할 부분이 남북쪽에 몰려 있어 남북쪽으로 길게 그려져 있으며, 동서쪽에 있어야 될 부분이 남북쪽에 표기되어 방향이 맞지 않고

둘째 : 坊, 里名이 대체로 없으며 있어도 대충 표기한 것을 알 수 있으며

셋째 : 지점이 불명확하고 전혀 다른 곳에 표기하고 거리 00리라고 표기하였지만 원근이 전혀 맞지 않는다는 것을 알 수 있다.

1861년 이전에 제작된 지도는 실측한 지도가 없다고 할 수 있으며 地理志의 記錄을 앞에 제작되었던 지도에 작자의 주관대로 표기한 것으로 보인다. 왜냐하면 苽亭(鄭瓜亭)이 표기된 지도의 형태가 너무 비슷하게 그려졌으나 표기된 位置들은 모두 판이하기 때문이다.

內容이 이렇게 사실과 판이한데도 地理志의 記錄을 무시 또는 왜곡하면서 鄭瓜亭이라고 표기되어 있는 이 곳을 瓜亭의 옛터라고 주장하는 것은 잘못이다.

그러면 瓜亭의 옛터가 田里인 이유는 무엇인지 예를 든다.

첫째, 모든 地理志에 瓜亭은 남쪽 10리에 있었으나 지금은 없고 田里에 살다가 오래도록 왕의 부름을 받지 못해 정자를 짓고 오이를 심고 鄭瓜亭曲을 작곡하였다라고 되어 있고 우리나라에서 편찬된 地里志마다 記錄되어 있는 瓜亭의 位置와 방향과 거리 그리고 부락이름이 일치된다.『문헌에 나오는 記錄과 사실이 이렇게 정확하게 합치되는 이곳 田里가 과정의 옛터임에 틀림없다.』

둘째, 釜山直轄市 30년(1993년 발행 1355페이지)과 東萊區誌

(1995년 발행 제3편 581페이지)에 보면 鄭瓜亭 전문과 해설이 나온다. 해설에서 [거츠르신 둘]을 황령산의 달로 해설하고 있고 釜山直轄市 30년에는 東萊의 瓜亭에서 검토한 국문학자들은 [거츠르신]은 [거칠뫼의 달] 바로 그대로 보는 것이 옳다고 한다라고 적고 있다. (자료 5)

왜 황령산의 달이라 했을까? 황령산은 특별한 산도 아닌데 황령산의 달이라고 한 것을 보면 황령산과 특별한 인연이 있었던 것으로 보인다. 특별한 인연을 문헌의 記錄에 보면 정서는 황령산에 살았다는 것을 알 수 있다. 즉 田里는 황령산 자락에 있기 때문이다.(瓜亭이 표기되어 있는 곳에서는 배산과 금련산에 가려서 황령산은 전혀 보이지 않는다.)

셋째, 한글학회에서 수집 편찬한 땅이름 큰 사전(1991년 발행) 5004페이지에 보면 田里(마을) 부산 東萊 연산 신리 동남쪽에 있는 마을로 記錄되어 있다. 이 사전에 보면 우리나라에는 田里라고 이름 붙은 마을이 4개 마을이 있음을 알 수 있다. 전남 해남, 전북 완주, 경남 거창, 그리고 연산동에 있으며 연산동에 있는 田里는 옛날부터 부락이름으로 불리워 왔음을 알 수 있다.(자료 6)

연제구청에서 수영쪽으로 가다보면 연산로타리쪽으로 갈라지는 삼거리가 있으며 삼거리 옆에 지금은 복개되었지만 쌍미천이 있고 쌍미천 다리가 있다. 다리밑을 보면 쌍미천 주변으로 구획정리가 되지 않은 조그만 지역이 있다. 바로 이곳이 田里다.

부락을 이루고 있었던 곳은 이곳이지만 이 일대를 모두 田里라고 불렀다. 鄭敍가 살았을 때만해도 이곳은 깊은 산골이었을 것이다. 유배되어온 처지라면 부락 안보다는 부락에서 좀 떨어진 곳에서 살았겠지만 주변지역은 모두 도시계획으로 개발되어 瓜亭의 옛터는 찾을 수 없다. 지금은 구획정리 시 제외되어 있었기 때문에 田里부락을 알 수 있지만 이곳이 재개발되어 아파트라도 건립되면 그 흔적마저 사라지고 田里가 어디인가 하는 다툼이 있을 것이다.

이곳은 鄭敍가 살다가 정자를 짓고 瓜를 심으며 鄭瓜亭曲을 만든 곳이 확실하므로 이곳이 아닌 다른 곳에 鄭瓜亭詩碑建立은 관계없지만 장소에 관한 기념물을 건립하면 안된다.

사실 鄭瓜亭은 대단한 작품이다. 高麗 가요 가운데 작자를 알 수 있는 유일한 작품이라서가 아니다. 이 작품은 부산 문화의 효시이며 국문학적으로도 아주 귀중하며 음악적으로도 귀중한 자료로 먼 후세까지 이어져 갈 것이기 때문이다.

鄭敍는 부산 문화의 창시자이다. 그의 업적을 기리기 위해서는 기념물을 건립하고 문화사적지로 지정하여야 한다.

그러자면 부지매입 등 많은 예산이 소요되겠지만 꼭 막대한 예산을 투입하여 웅장하게 할 필요는 없다고 본다. 지하철 역사가 삼거리(삼거리도 田里이다)에 세워지면 역사 벽면에 鄭瓜亭과 관련된 벽화를 장식하고 역사 출입구를 2층으로 만들어 2층에 정자를 짓고 계단을 설치하여 사람들 출입을 가능하도록 하고 정자안에 鄭瓜亭 詩碑와 鄭瓜亭曲 樂譜碑, 이 지역이 瓜亭(苽亭)의 옛터 비등을 안치하고 역명을 鄭瓜亭역으로 명하고 이곳을 문화사적지로 지정하면 영원히 瓜亭(苽亭)옛터에 관한 혼란은 없어질 것이다.

■ 參古文獻 : 東萊府誌, 慶尙道邑誌, 大東地誌, 與地圖, 海東地圖, 高麗重要處圖, 直轄市 30年, 東萊區志, 釜山市史

이상에서 정과정천설과 田里부락설을 검토해 왔다. 전자는 수많은 고증으로 이미 정설로 되어 있음에 반하여 후자는 매우 기발하기는 하여도 그 논거가 빈약한 것이 흠이다. 과정의 옛터를 밝히는 것은 매우 중요한 일이다. 그러나 섣부른 오판으로 사실이 왜곡되는 것보다 종래의 통설을 따르는 것이 오히려 현명하다. 결정적인 반증이 없는 한은 통설을 따르는 것이 일반적 통례이다.

끝으로 과정의 옛터를 찾아 감회를 읊은 한시 몇 수를 음미하면서 옛터 살핌을 끝맺을까 한다.

雲盡長亭月在天
橫琴相對夜如年
鵑啼曲盡思無盡
誰把鸞膠續斷絃

구름 흩어진 먼 길 하늘엔 달이 떠있고
거문고 들고 마주하니 밤이 1년 같구나
두견새 우는 곡 다해도 시름 다하지 않네
누가 난새의 아교로 끊어진 줄 이어주리

-鄭樞 [鄭瓜亭]-

고려 때 정추(1333-1382 A.D.)가 1366년 동래현령으로 내려왔을 때 지은 것으로 보이는데 자신의 처지를 정서의 처지와 같은 것으로 생각하고 있는 것 같다.

이 시의 해설을 다시 엄경흠에게서 들어 보자.(엄경흠, 1997:161)

"구름 한 점 없이 맑디 맑은 하늘에 달은 둥실 떠올라, 나그네가 거쳐 지나가는 멀디 먼 이 동래의 역정(驛亭)은 더욱 쓸쓸하다. 쓸쓸한 마음으로 날은 바주 하고, 기문고 곡조에 맞춰 노래하던 정서를 생각하니 마치 오늘 하룻밤이 1년이나 되는 듯 서울로 돌아갈 날은 자꾸 멀어지는 듯하다. 옛날 정서의 두견새처럼 처절한 울음이 섞인 정과정곡은 다 끝나도, 남아 있는 시름은 사라지지 않고 지금도 남아 있다. 이 모두가 임금의 귀가 간신들의 말에만 열려 있어서 일어난 것이다. 간신들은 이처럼 제멋대로 굴고 있는데, 충신들은 어디 가고 하나도 없단 말인가라는 내용의 시다.

부부 사이를 금슬이라고 하는데, 금슬의 줄이 끊어지면, 그 줄은 오직 난새로 만들 아교풀이라야 이어진다고 한다. 마지막 구절의 '난새의 아교'는 바로 임금과 신하의 사이를 이어줄 수 있는 것이라고 작자는 표현하고 있다. 그러나 누가 이것을 구해서 임금의 마음을 돌릴 수 있겠는가라는 안타까운 표현이다."

다시 조선 선조때 동래부사를 지냈던 尹暄의 시 한 수를 더 보자.

山下淸江萬古斜
晩潮纔落露寒沙

無人解唱瓜亭曲
日暮秋風蘆荻花

산 아래 맑은 강 만고에 흐르는데
저녁 물결 이제 줄고 이슬은 모래에 찬데
아무도 정과정곡 이해하여 부르지 못하고
해질녘 가을 바람에 갈대꽃만 하늘거리네

이 시를 옮긴 엄경흠에게서 그 풀이를 듣는다.(엄경흠, 1997:162)

"이 시는 전체적으로 동래로 귀양온 정서의 서글픈 마음을 읊는
데 중심을 두고 있다. 그러나 시인은 이러한 심정을 직접적으로 읊기
보다는, 정과정 주변의 풍경을 읊으면서 은근하게 표현하고 있다.

정서가 이 땅에 귀양온 지 500년이 지난 후 이곳을 찾은 작자 윤훤
의 눈 앞에도 그 옛날 정서가 보고 서글픔을 달랬을 강물은 흐르고
있다. 물론 이 강물은 거의 1000년이 지나 필자가 이 글을 쓰고 있는
이 순간에도 비록 많은 풍경의 변화는 있을지언정 흐르고 있다. 그리
고 앞으로도 이 강물은 어떠한 모양으로든 흐를 것이다.

강물은 이렇듯 만고에 흐르고 흐르지만, 그 옛날 억울한 모함을 쓰
고 이곳을 찾았던 정서의 자취는 사라지고, 저녁 물결 흐르는 모랫벌
에는 찬 서리만 내리고 있다. 이제 정서가 간지 500년, 사람들은 정과
정곡을 이해 하고 부르지도 못하니, 그 옛날 충신의 자취는 사람들의
가슴 속에서도 사라져버리고 해질녘 가을 바람에 갈대꽃만 무심히 휘
날리고 있다.

작자는 저녁 물결, 찬 서리, 황혼, 가을 바람, 갈대꽃 등의 시어를
사용하여 쓸쓸히 사라져간 옛 사람에 대한 아쉬움을 표현하고 있다."

끝으로 조선 효종 4년 동래 부사로 부임한 李元鎭의 鄭瓜亭을
이 시를 옮긴 엄경흠의 해설로 들어 보자.(엄경흠, 1997:163)

琴上曾聞古曲傳
此尋遺跡更依然
戀君深意無人會
惟有松風學七絃

가야금 소리로 옛 노래 전하는 것 듣고
이제 그 유적 찾았더니 또한 그대로구나
님 그리는 깊은 마음 아는 사람 없고
다만 소나무 사이 바람만 거문고를 배웠구나
- 李元鎭 [鄭瓜亭]-

그는 오래 전부터 정과정곡을 들어왔고, 정과정에 대한 이야기
를 잘 알고 있었으며, 동래부사를 지내던 당시에 정과정의 옛 터
를 찾아왔던 것으로 보인다. 그가 왔을 때는 아직 정과정의 자취
를 확인할 수 있었던 듯 두 번째 구절에서 '그 유적 찾았더니 그
대로구나'라고 읊고 있다.

그러나 자취는 분명한데도 그가 님을 그리워하며 슬피 노래하던 그 마음을 알아주는 사람은 하나도 없고, 정과정을 둘러싸고 있는 소나무 숲의 바람만 거문고 소리를 배운 듯 서글프게 울고 있다는 표현으로 과정 정서를 회고하고 있다.

지금은 정과정의 흔적조차 확인할 수 없고, 위치도 추측일 따름이다. 그리고 주변의 풍경도 변했다. 그러나 거의 천 년이 지난 지금도 정과정에 대한 이야기는 토곡 지역을 중심으로 전국적으로 전해지고 있다. 더구나 그의 노래는 교과서에도 실려서, 그의 충성된 마음과 슬픈 심경을 느끼도록 하고 있으니, 한 사람의 생애와 노래의 영원함은 실로 놀랍다는 생각을 떨칠 수 없다.

어문학적 측면

고려 의종 때 정서가 지은 이 정과정은 작자가 확실한 유일한 고려 가요로 樂學軌範 제5권에 우리말 노래가 수록되어 있으며 大樂後譜 제5권 時用鄕樂譜에는 노래말과 더불어 곡조도 함께 적혀 있다.

신하가 유배지에서 '임금을 그리워하는 정을 절실하고 애달프게 노래하였다.' 하여 '忠臣戀主之詞'로 널리 알려져 있다. 때문에 이 노래는 후대에 鄭撤의 〈思美人曲〉, 〈續美人曲〉 같은 戀君之詞의 원류가 되었다.

이 노래는 국문학의 측면에서 뿐만 아니라 국악적 측면에서도 중요한 자리를 차지하고 있는데 이제 어문학적 측면에서 이를 다시 고찰하고자 한다.

樂學軌範 제5권에 실려 있는 본문부터 보자.

4.1. 본문

(前腔)　　내 님믈 그리ᅀᆞ와 우니다니

(中腔)　　山 졉동새 난 이슷ᄒᆞ요이다

(後腔)　　아니시며 거츠르신ᄃᆞᆯ 아으

(附葉)　　殘月曉星이 아ᄅᆞ시리이다

(大葉)　　넉시라도 님은 ᄒᆞᆫ ᄃᆡ 녀져라 아으

(附葉)　　벼기더시니 뉘러시니잇가

(二葉)　　過도 허믈도 千萬 업소이다

(三葉)　　ᄆᆞᆯ힛 마리신뎌

(四葉)　　ᄉᆞᆯ읏븐뎌 아으

(附葉)　　니미 나를 ᄒᆞ마 니ᄌᆞ시니잇가

(五葉)　　아소 님하 도람 드르샤 괴오쇼셔

(樂學軌範 卷 五)[24]

4.2. 국어학적 주석

(1) 내

'나 + 이(주격)', 또는 '나 + 의(소유격)' = 내가, 또는 나의

---

24) 원본의 원문을 별도로 붙임.

(2) 님믈

'님 + 믈', 님>임, '믈>을' 연철할 때, 앞 음절의 말음을 거듭함. = 임을

(3) 그리슨와

'그리(戀) + 숩('숩'은 겸양을 나타내는 선어말어미) + 아(연결어미)

-숩바>숩와>ᅌ와>와'로 변천하였음. = 그리워서

(4) 우니다니

'울(泣) + 니(行, 지속을 나타냄) +다(과거) + 니(연결어미)'
'울(泣) + 니'로 'ㄹ'이 탈락하여 '우니다니'가 됨. = 울고 있더니

(5) 접동새

두견새, 이 밖에도 별명이 많음.

(6) 난

'나 + 는(ㄴ)' (절대격) = 나는, 또는 나와

(7) 이슷ᄒ요이다

'이슷 + ᄒ(ᄒ다의 어간) + 오(삽입모음) + 이다'

'이슷'은 '비슷'으로 경상도 방언에 '이슷비슷', '어슷비슷' '엇비슷'이라 하여 서로 닮거나 비슷한 경우에 쓰이고 있음. = 비슷합니다

(8) 아니시며

'아니(안+이) + 시(비존칭선어말어미) + 며(연결어미)'

'아니'를 '안(不) + 이(부사)'로 볼 것인가에 대한 이설이 구구하다. 정과정이 동래에서 지어진 점과 동래를 '안(內)'이라 했던 점에 착안하여,

> "釜山의 精神的 원형은 두 줄기 특색을 갖는다. 地理的으로는 지금의 서면에서 양정으로 넘어가는 고개를 옛날에는 〈모고개〉라 했고, 漢字로 표기할 때에는 〈飛馬峙〉라고 했다. 〈모〉는 〈말〉이라는 뜻이다. 50년 전만 하더라도 이 고개는 화적떼들이 들끓던 곳이어서 붙여진 이름이다. 이 고개를 경계선으로 하여 東萊 쪽 사람을 안사람, 바깥쪽인 용호, 기장, 용당, 우암 등 주로 다대포까지에 이르는 해안선을 따라 사는 사람을 바깥 사람이라고 하였다.('제1회 부산을 가꾸는 학술대회'의 앞의 논문요지:47)" (김무조, 1997:475)

(9) 거츠르신 둘

'거츨(僞妄) + 으(매개모음) + 시(비존칭선어말어미) + 드(불완전명사) + ㄹ(대격어미)' = 거짓인 줄, 허망한 줄

이에 대하여는 구구한 견해가 있다. 향토사와 관련하여 그 가운데 몇몇을 보인다.

"정과정곡에 나오는 〈거츠르신 둘〉의 語義가 정과정곡이 꼭 동래에서 만들어졌다는 열쇠가 된다. 〈거츠르신 둘〉의 현대적 語義는 〈거치른 땅〉이라는 뜻이다. 〈거치른 땅〉이 〈東萊〉가 되어야 하는 연유가 먼저 해명되어야 하겠다. …… — 중략 —"25)

이러한 역사적, 지리적 조건을 바탕으로 하여 다시 〈거츠르신 둘〉의 語義를 풀이해 본다면,

"내가 님을 그리워 울고 있는 것이 마치 산접동새가 슬피 우는 것과 비슷합니다. 그렇지 아니하면 거치른 땅(居漆地〈土〉)의 새벽 하늘에 남아 있는 달과 별이 잘 알 것입니다."26)

'거츠르신 둘'을 '거치른 땅(동래)의 달'로 보고 있다.
또 하나,

"부산직할시 30년(1993년 발행 1355페이지)과 東萊區誌(1995년 발행 제3편 581페이지)에 보면 정과정 전문과 해설이 나온다. 해설에

---

25) 부산을 가꾸는 학술대회, 부산시대를 살아가는 내 고장의 역사와 문학, 정과정 연구, 요지, p.42.
26) 25)의 p.47.

서 ‘〈거츠르신 둘〉을 황령산의 달로 해석하고 있고 부산직할시 30년
에는 동래의 과정에서 검토한 국문학자들은 〈거츠르신 둘〉은 〈거칠
뫼의 달〉 바로 그대로 보는 것이 옳다고 한다.’라고 적고 있다.”27)

라고 하여 ‘거츠르신 둘’은 ‘황령산의 달’로 보고 있다.

(10) 아으 = 아(감탄사)

(11) 아르시리이다
‘알(知, 알다의 어간) + 으(매개모음) + 시(비존칭선어말어미)
+ ㄹ(관형형선어말어미) + 이다(종지형어미)’ = 알 것입니다

(12) 넋이라도
‘넉(명사, 魂) + 이라도(보조조사)’ = 넋이라도

(13) 님은
‘님(임) + 은(절대격이나 문맥 속에서는 여동격)’ = 님과

(14) 흔딕
‘흔(-) + 딕(불완전명사, 곳) + ㅣ(처소격조사)’ = 한 곳(동일
장소)

---

27) “정과정 옛터에 대한 고찰.” p.6.

(15) 녀져라

'니-(行, 니다의 어간) + 어(부사형어미) + 져라(원망형어미)'
= 가고 싶구나

(16) 벼기더시니

'벼기('벼기다'의 어간) + 더(과거시상선어말어미) + 시(주체존
대선어말어미) + ㄴ(관형형선어말어미) + 이(대명사)' = 우기
던 사람

양주동은 '벼기다'를 '우기다'로 보아 '고집하다'로 보았음.(양주
동, 여요전주:213)

(17) 뉘

'누(誰, 누구) + ㅣ(주격조사)' = 누구

(18) 러시니잇가

'더(과거시상선어말어미, ㅣ모음 아래서 'ㄷ'→ 'ㄹ'로 바뀜) +
시(주체존대선어말어미) + ㄴ(관형형선어말어미) + 이(대명사)
+ 잇가(의문형어미)' = 였습니까?

(19) 몰횟

'몰횟'으로 보고 '말횟>말횟>믈윗>믈웃>무릇'의 변천 과정

을 상정하여, '凡', '大抵'로 보는 견해가 있다.

  '몰힛'을 바른 철자로 보고 '몰기'의 'k'>'h'의 변형으로 보아, '말끔·말짱'으로 보는 설이 있다.

  양주동은 '몰'을 믉>묻(大衆), '힛'을 '하리'(讒)의 관형형, '핧'의 誤刻으로 보아 '무리의 참소'로 보기도 하였다.(양주동, 여요 전주:216)

  (20) 마리신뎌

  '말(言) + 이(서술격조사) + 시(비존칭선어말어미) + ㄴ뎌(감탄형어미)' = 말이십니다, 말이었구나

  ① 양주동 - '몰핫마리신뎌'의 誤刻으로 보고 '衆讒言이러신뎌'로 해석

  ② 박지홍 - '말아 넣어시는구나'로 해석[28]

  ③ 정인보·지헌영 - '아뢸 말씀이 마르오이다'로 해석[29]

  (21) 술읏븐뎌

  '술읏브('술읏브다' : '슬프다'의 어간) + ㄴ(관형어미) + ᄃ(원시추상명사) + 여(감탄형어미)' = 슬프구나

---

28) 現代文學, 七五號.
29) 정인보님은 ≪정송강과 국문학≫에서, 지헌영님은 ≪향가여요 신역≫에서 말함.

이 밖에도, '술'을

① '술읏븐뎌'의 '술(銷)'로 보아 '사라지다, 죽고 싶다'로 해석
  하려는 견해가 있다.

② '술'을 '슳(悲)'의 異形으로 보아, '사뢰고 싶구나' 또는 '답
  답하도다' 등으로 해석하는 견해가 있다.

(22) 흐마
벌써, 이미

(23) 니즈시니잇가
'니('닞(忘)다'의 어간) + ◌ᆞ(매개모음) + 시(존칭선어말어미)
+ 니(ㄴ+ㅣ 설명형어미) + 잇가(의문형어미)' = 잊으셨습니까?

(24) 아소
금지 = 맙소사, 아서라

(25) 님하
'님 + 하(호격조사)', '하'를 존칭이라고 일반적으로 말하고 있
으나 꼭 그런 것만 아니다.[30]

___

[30] 이승명, "호격에 대한 고찰", 국어국문학, 영남대, 1963. p.16.

(26) 도람

'돌(回) + 암'의 구성으로 '돌만한 것'으로 보는데 '암'에 대한 적당한 설명이 빈약하다. = 돌이킬만 한 것

(27) 괴오쇼셔

'괴-(愛, '괴다'의 어간) + 고(괴다와 붙어 쓰임, '괴'의 ㅣ 모음 아래서 ㄱ이 탈락) + 쇼셔(소서, 존칭원망형어미)' = 사랑하소서

지금까지의 주석을 고려해 넣고 정과정을 현대어로 옮겨 보면,

> 내가 임을 그리워하여 울고 있더니
> 산 접동새와 나는 비슷합니다.
> 아니며 거짓인 줄은
> 새벽달 새벽별만이 알 것입니다.
> (죽어)넋이라도 임과 함께 가고 싶습니다.
> 우기시던 사람이 누구였습니까?
> 과실도 허물도 절대로 없습니다.
> 무리들의 참소의 말이었습니다..
> 슬픕니다. 아아!
> 임께서 나를 벌써 잊으셨습니까?
> 맙소사, 임이시여, 돌리어 들으시어 사랑하소서.

4.3. 노래의 명칭 및 형식에 관한 문제

정과정을 연구자들에 따라서는 정과정가(권영철, 1975) 또는 정과정곡(국어국문학사전 : 1989, 2604)이라고 부르는가 하면 곡조의 이름을 따라 三眞勺이라고도 하여 몇 가지로 쓰이고 있어, 이 점에 대하여 논의하고 아울러 형식에 대하여도 논의할 차례다.

이 논의는 '정과정', '정과정곡', '정과정가' 등을 정과정계로 묶고, '三眞勺'을 다른 하나로 묶어 논의할까 한다.

4.3.1. 명칭 1 정과정

노래 이름을 정과정이라고 하는 것은 워낙 전통적인 명칭이다. 논의를 간결하게 하기 위하여 근거를 개조식으로 들어 보겠다.

① 고려사 악지에는 이 노래의 제작 동기와 이제현의 해시가 수록되어 있으며 이름을 '정과정'이라 하고

② 동국통감·고려사·신증동국여지승람·권숙과 이숭인시의 7언 절구·이익의 해동악부·영남악부·증보문헌비고·김양근의 동야집·임하필기·해동죽지·현학금보 등에서도 모두 '정과정'이라 명명하고 있으며

③ '과정'은 정서의 호를 따서 후세 사람들이 〈정과정〉이라 이름하였으며, 노래말과 가락의 차원을 모두 포함한 말로 사용된 것으로 보여

명칭 정과정이 워낙 전통적이어서 이론의 여지가 없다.

그러나, 어떤 논자는 이 노래가 창작 → 전승 → 정착 등의 과정을 거치면서 이원적인 명칭을 스스로 지니게 되었다고 하여 문학 작품으로 볼 때 정과정가가 되고 악곡상으로 볼 때는 정과정곡이 된다고 보는 견해도 있다.(권영철, 1975:34)

4.3.2. 명칭 2 삼진작, 진작

진작계라 할 수 있는 三眞勺이란 명칭은 속악의 가락의 명칭인데 이 이름은 노래말이 실려 있는 악학궤범 제5권 '학·연화대·처용무합설'조에 '三眞勺'이라는 이름에서 비롯하였다. 거듭 말하거니와 '眞勺'이란 속악의 조명으로, 여기에는 一·二·三·四가 있어 일진작이 가장 느리고, 이진작·삼진작·사진작으로 내려 가면서 점점 빨라지는 형식인데 악곡상의 악조명이 고유 명사화되어 작품명으로 굳어진 것이 아닌가 한다. 정과정의 가락은 '三眞勺'이란 속악조로 당대 이후 사대부들이 학습하지 않는 이가 없을 정도이고, 악공을 뽑을 때에도 시험 과목으로 채택되어 상당히 유행한 것을 볼 때, '三眞勺'·'眞勺'이라는 가락의 이름이 정과정의 노래말을 대신하여31) 사용된 듯하다. 진작을 '嗔鵲'이라 쓴 것은 이두식 표현이다.

---

31) 경국대전 3권 예절 악공 취재조.

‘鄭瓜亭’, ‘瓜亭界面調’라고도 하는데 ‘後人名其曲爲鄭瓜亭卽 瓜亭界面調也’나 ‘今之瓜亭界面調’라는 내용을 살펴보면 곡의 차원에서 불려진 것임을 알 수 있다.

이익의 해동악부와 성호사설에도 같은 기록이 보인다.

4.3.3. 형식의 문제

정과정은 문학상으로는 10구체 단연이고 악곡상의 변화에 따라 행을 구분하면 11행이 되지만 악곡상의 제8행인 三葉 부분과 제9행인 四葉 부분을 통합하여 전체를 10행으로 다루는 것이 일반적이다. 사뇌가의 양식을 수용하기는 하였으나 ‘아소 님하’라는 낙구의 위치가 정통 사뇌가와 다르기 때문에 그것에서 해체되는 모습을 찾을 수 있다고 보아 이 노래의 장르를 향가에 귀속시키고 쇠퇴기의 향가 혹은 향가의 잔존 형태로 처리하고 있다.

한편, 별곡의 양식이 나타나기 이전의 특수 형태라 하여 전별곡적 형태라 부르기도 한다. 제5행과 제6행은 당대 유행하던 민요 사설을 수용한 것으로 이 부분은 〈만전춘별사〉의 제3연과 의미적 맥락을 같이 하고 있으며 10구체 사뇌격 향가라는 기존 장르의 양식적 변용에다 당대의 유행 민요를 복합적으로 수용하여 창출한 독특한 형태로 이해 된다. 권영철은(권영철, 1975:40) 정

과정을 옛날부터 내려 오던 민요인 속가에서 6구체 형식을 이어
받아 무가적인 성격을 띄게 된 형식으로 보고 있다.

　끝으로 大樂後譜 제5권, 時用鄕樂譜에 실려 있는 진작의 악보
를 함께 걸어 실음으로써 이 논의를 마치고자 한다.

결 어

이상에서 정과정의 이모저모를 종합적으로 살펴보았다.

정과정은 향토 부산, 아니 더 좁혀 동래(현재는 연제구)가 낳은 문인으로 변치 않는 충성심을 노래함으로써 변절과 배신을 밥먹듯 하는 후세의 우리들에게 깨우쳐 주는 바가 자못 크다.

특히 정과정이 우리 고장에서 지어졌다는 것은 걸핏하면 문화의 불모지라고 스스로 비하하는 부산 사람들에게 큰 긍지를 심어 주는 데 충분하다. 뿐만 아니라, 정과정의 옛터를 고증함으로써 정과정을 복원하는 데 크게 이바지 할 것이며, 메마른 우리들의 가슴을 촉촉히 적셔 주는 데도 한 몫을 할 것으로 기대 된다.

참고문헌

강길운, "정과정의 노래 신역," 현대문학 68. 1960.

권영철, "정과정가 신연구," 효성여대 논문집. 1968.

권영철, 정과정가 신연구, 경북대 대학원, 1975.

경국대전 3권.

김무조, "〈거츠르신 둘〉의 원형적 시각," 과정문학의 재조명, 파전한국학당, 1997.

김택규, "정과정곡의 발상," 어문학 30, 한국어문학회. 1974.

동래정씨가록 권2.

부산시대를 살아가는 내 고장의 역사와 문화, "정과정 연구," 제1회 부산을 가꾸는 학술대회 요지.

박노준, "정과정곡의 역사적 배경," 한양어문연구 7, 한양대 한양어문연구소. 1989.

서재극, "정과정곡 신역 시도," 어문학 6, 한국어문학회. 1960.

서재극, "정과정 노래의 '술읏븐뎌,'" 눈뫼 허웅 박사 환갑 기념
    논문집. 1978.

신경숙, "정과정 연구," 한성어문학 1, 한성대 국문과. 1982.

양주동, 여요전주, 1959.

엄경흠, 한시와 함께 시간여행, 부산 전망, 1997.

여운필, "정서의 생애에 관한 새로운 검토," 수련어문론집, 제24
    집, 신라대, 1998.

이가원, "정과정곡의 연구," 성균 4호, 성균관대, 1963.

이승명, "호격에 대한 고찰," 국어국문학 특집호, 영남대, 1963.

이승명, "청산별곡 연구," 고려시대의 언어와 문학, 형설출판사,
    1978.

임사홍 등, 동국여지승람 권23.

정길자, "정길자와 함께하는 향토기행(4),"기다림의 사연 정과정
    곡, 1997.

파전한국학당, 과정문학의 재조명, 1997.

大樂後譜 제5권 時用鄕樂譜

眞勺 一

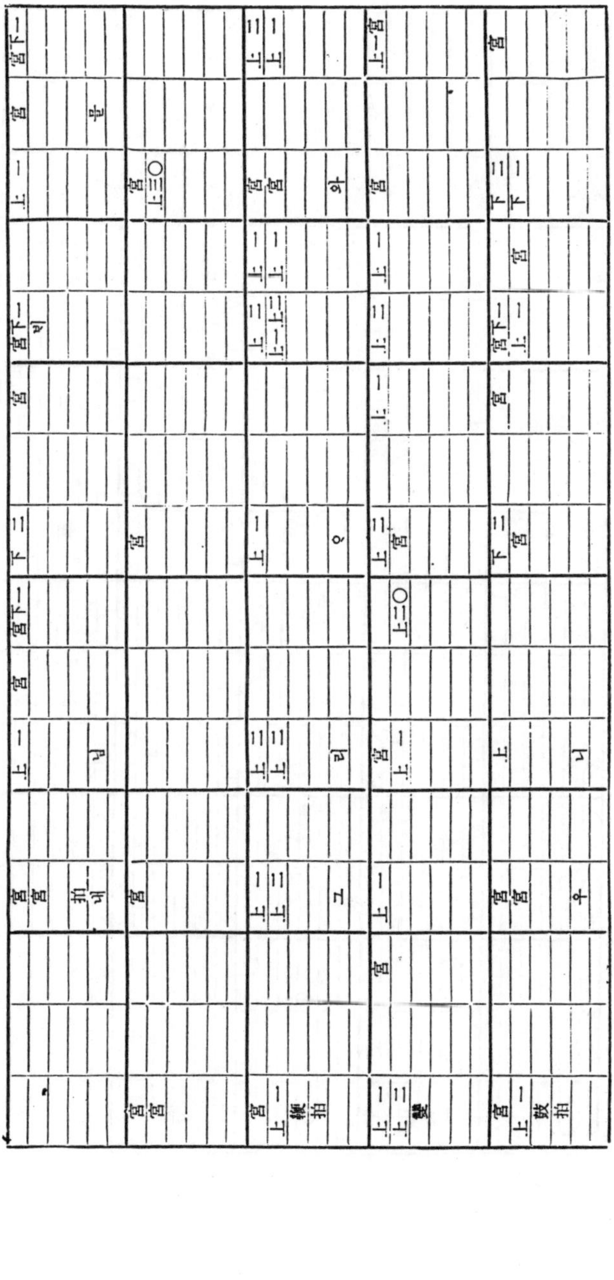

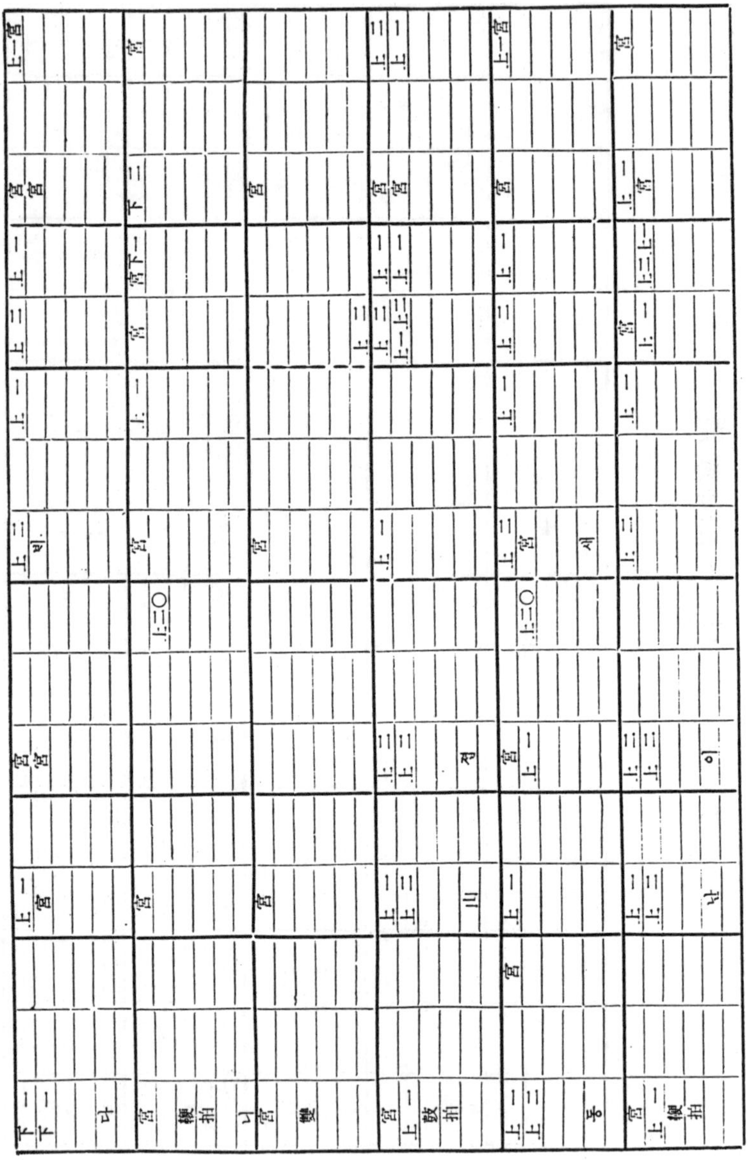

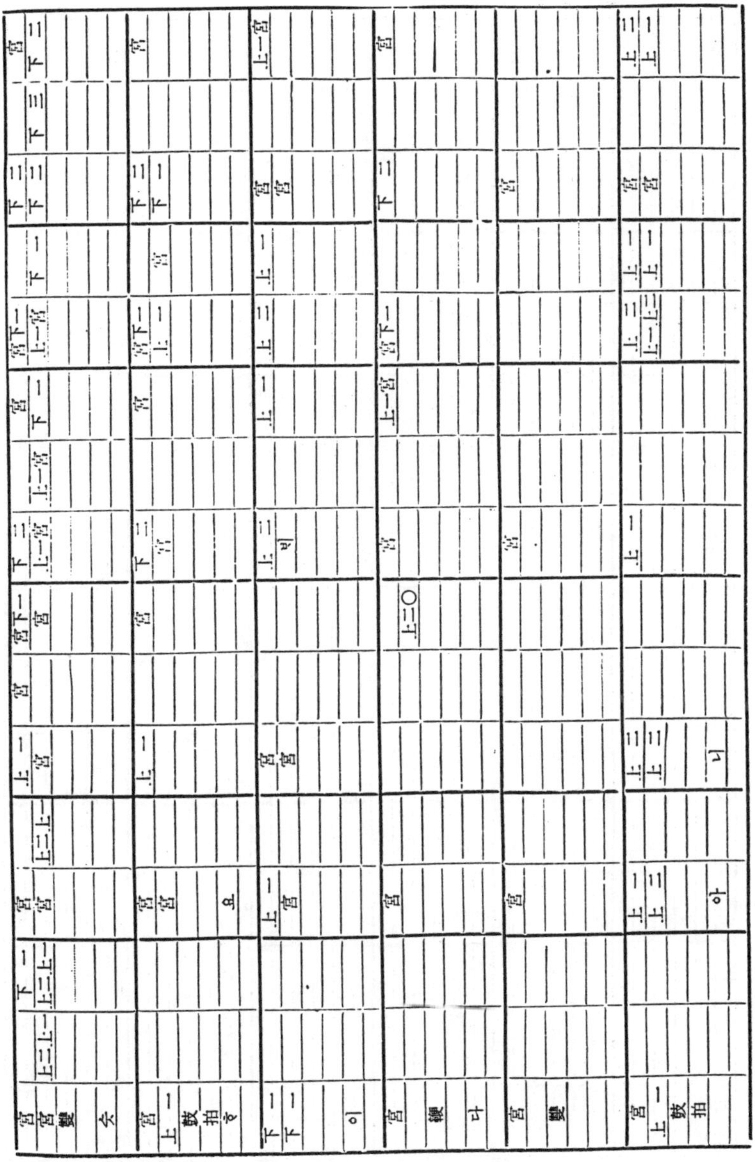

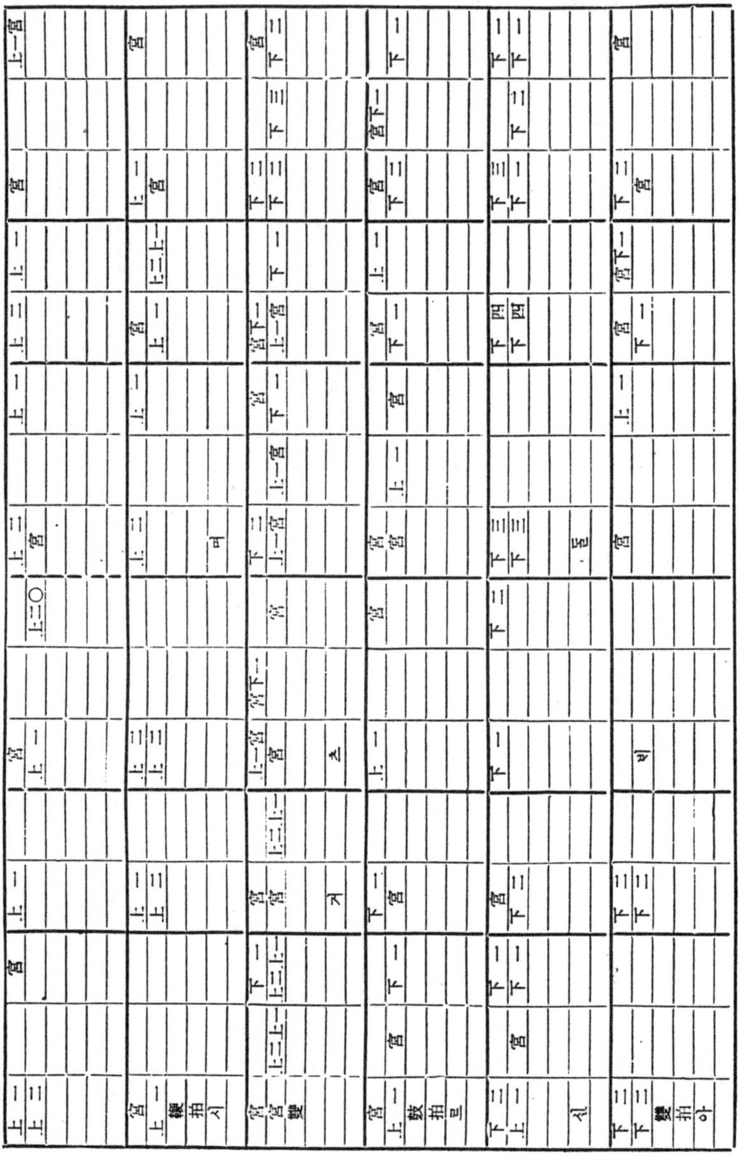

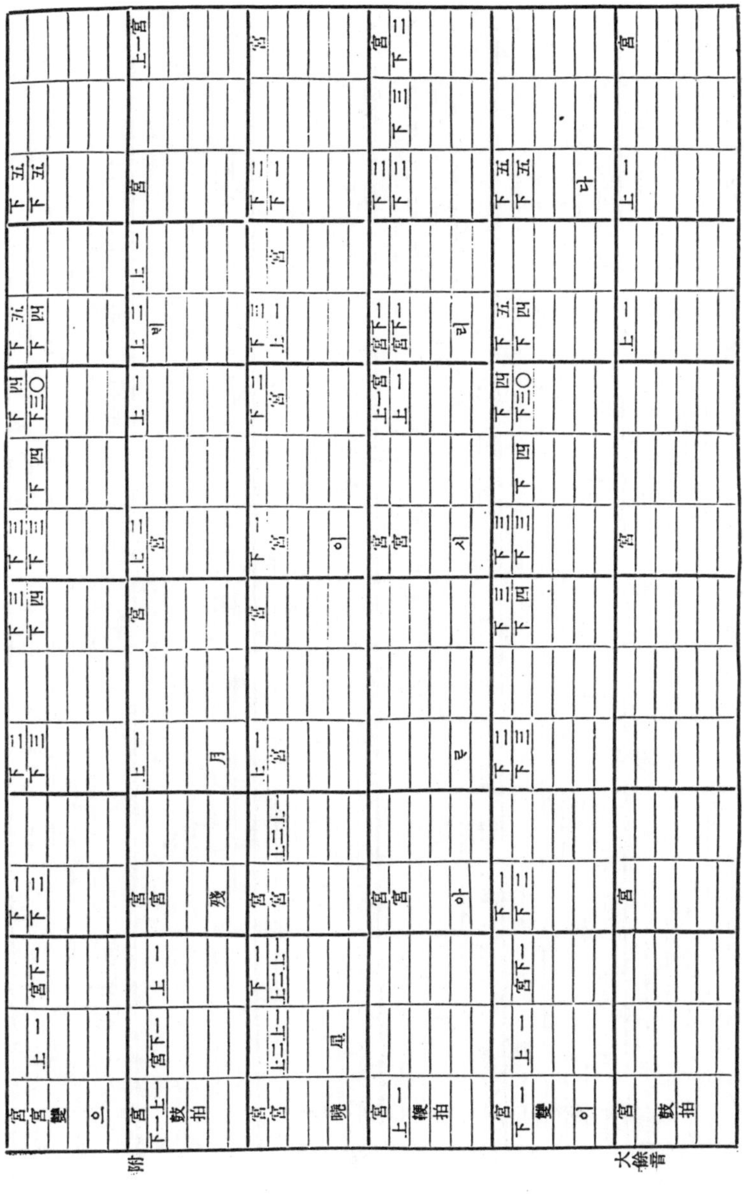

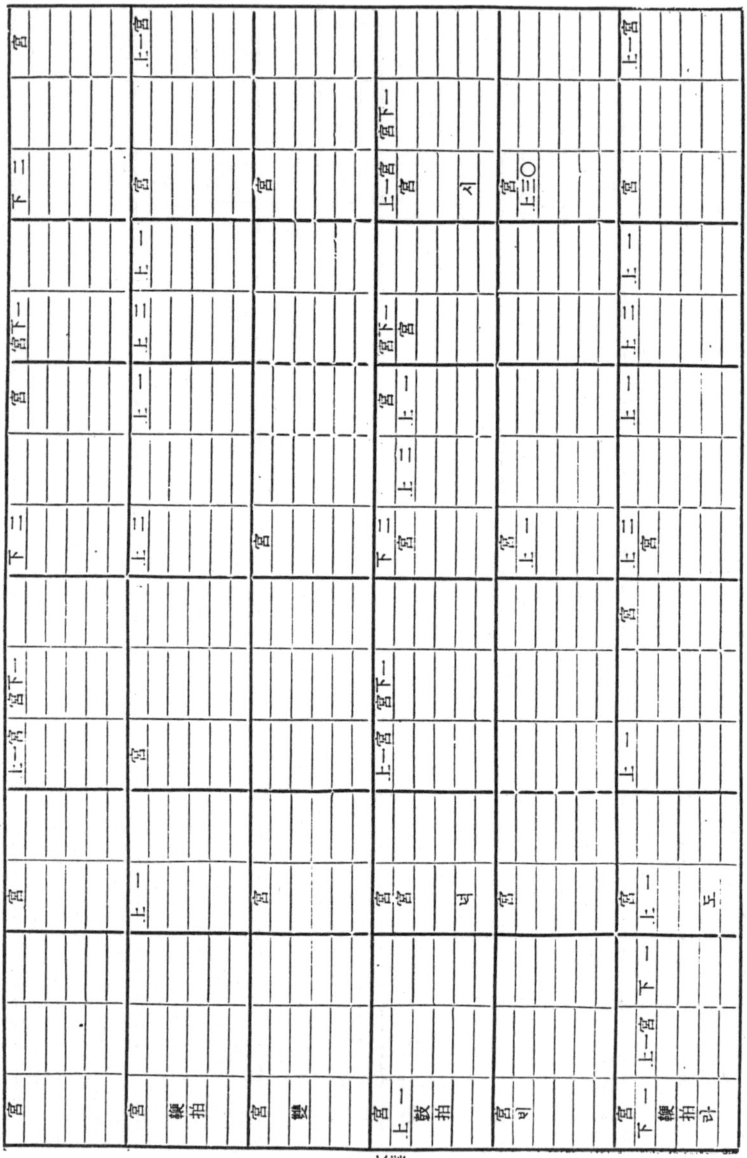

宮　上一　　宮　　　　　上一

二下　宮　　宮　　　宮下一上一宮　시　上三○宮　宮

　　　上一　　　　　宮下一　　　　　　　上一

宮下一上二　　　宮下一宮　　　　　　二上一

宮　　上一　　　宮上一　　　　　　一上

　　　　　　　　　二上　　　　　　　二上

二下　二上　　宮　二下宮　宮上一　二上宮

　　　　　　　　　　　　　　　　宮

上一宮下一宮　　宮上一宮下一　　　　　一上

上一宮　宮　　宮　上一宮　宮비　上一下一

　　　　　　　　　　　　　　　上下一上一宮下鞭拍

宮　　宮鼓拍　宮雙　宮上一鼓拍　宮비　宮下一計

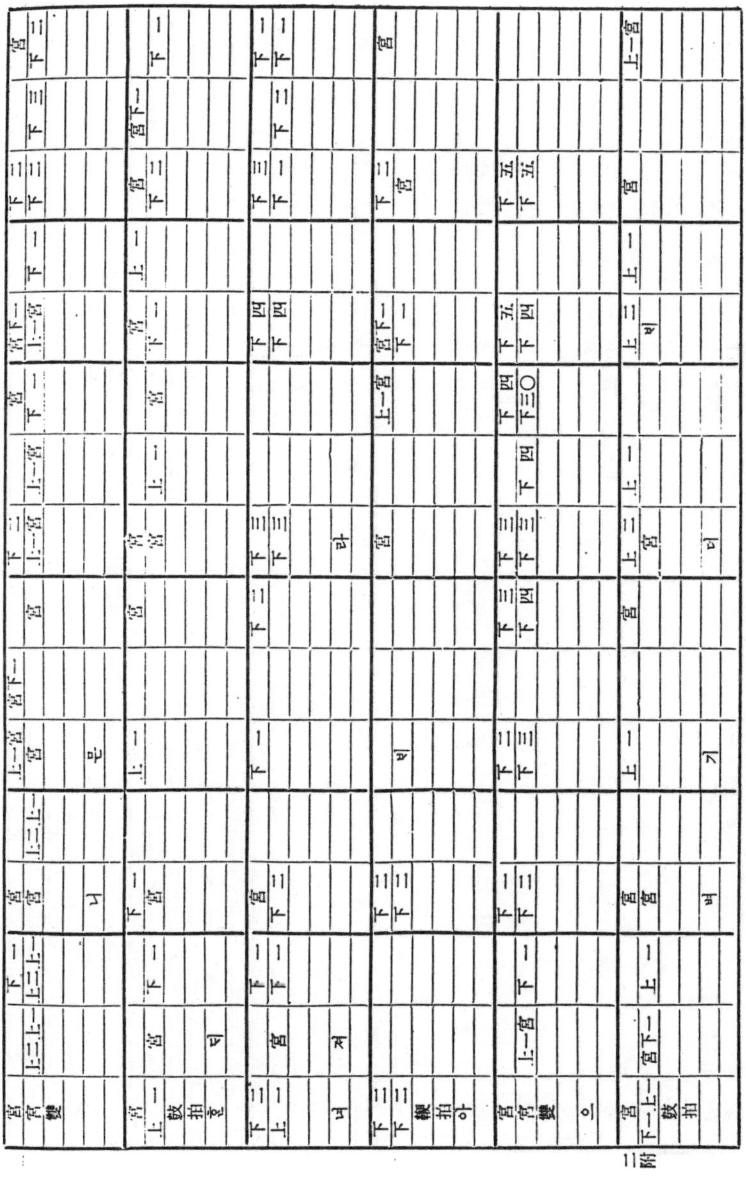

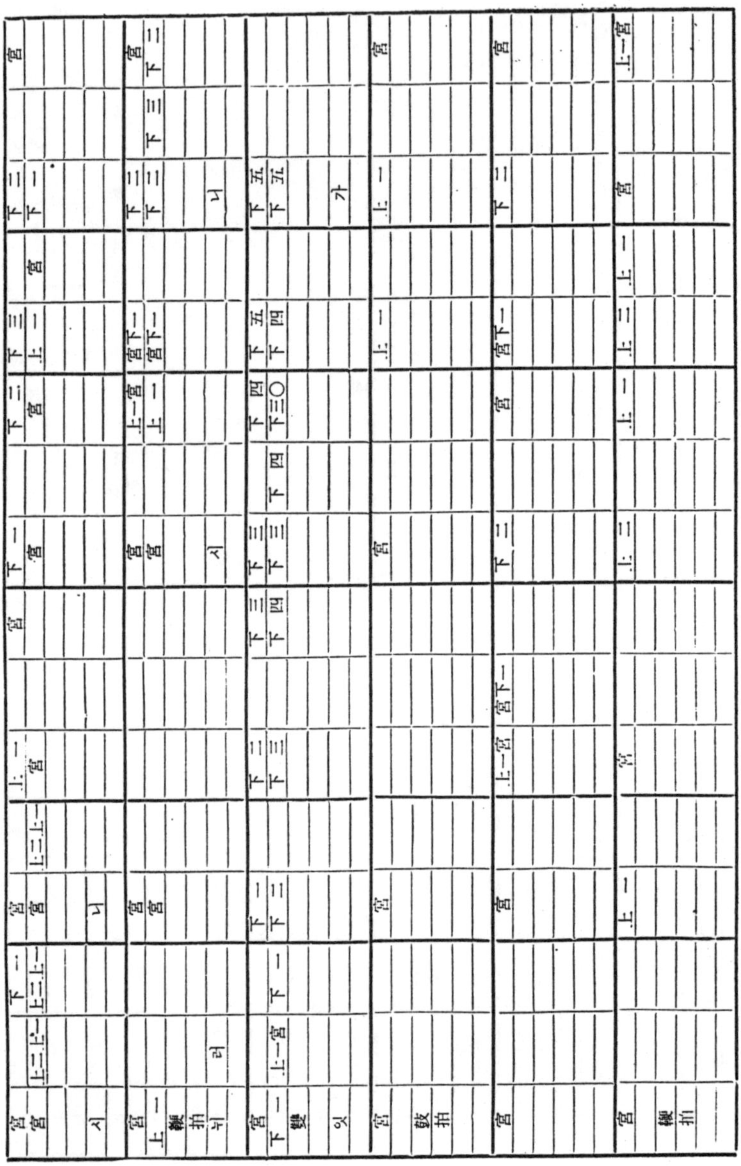

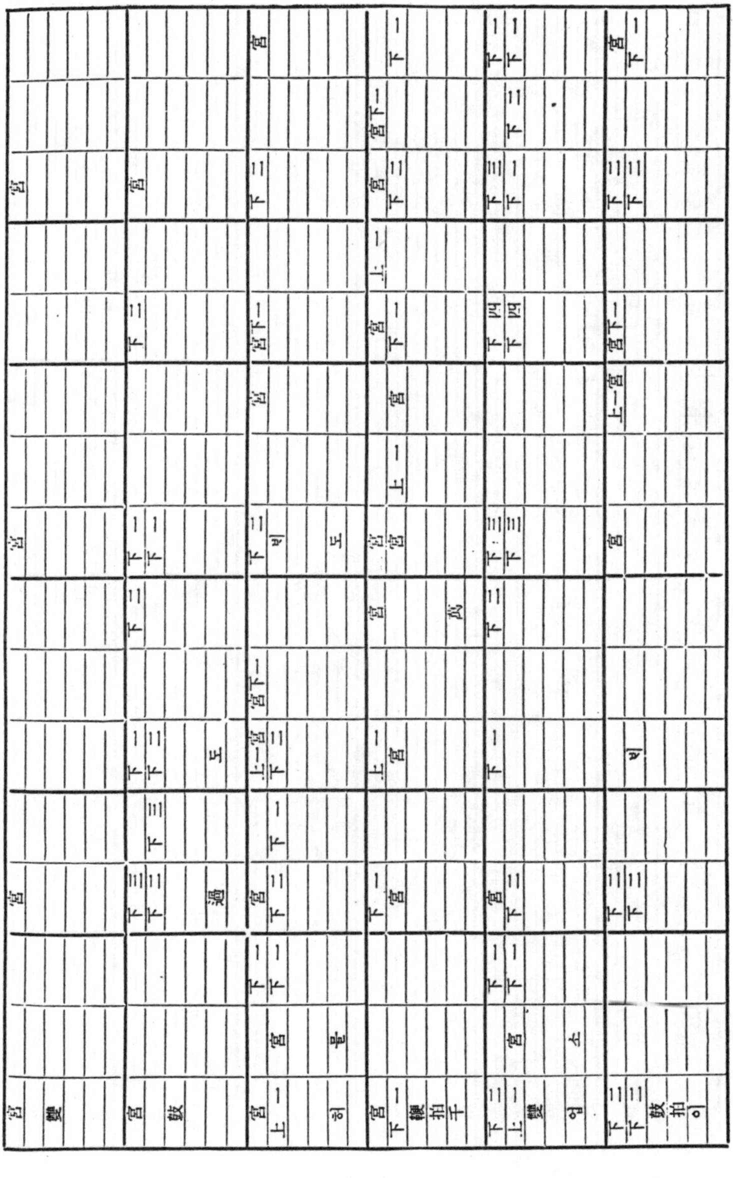

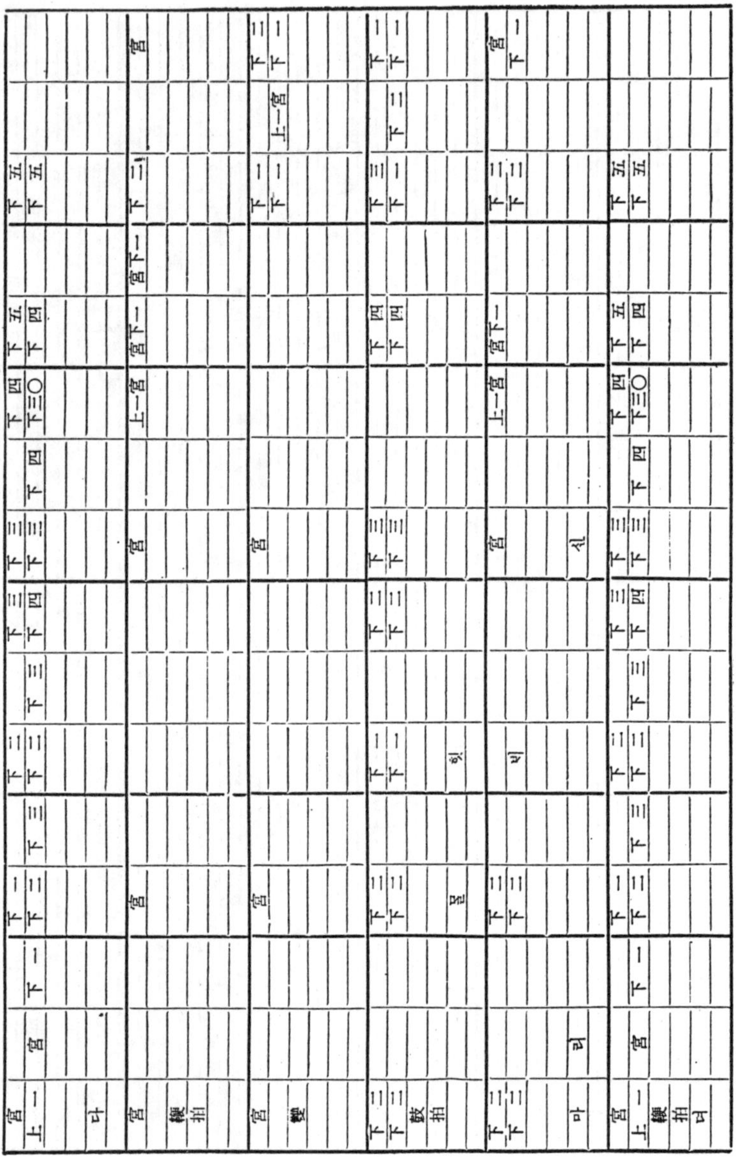

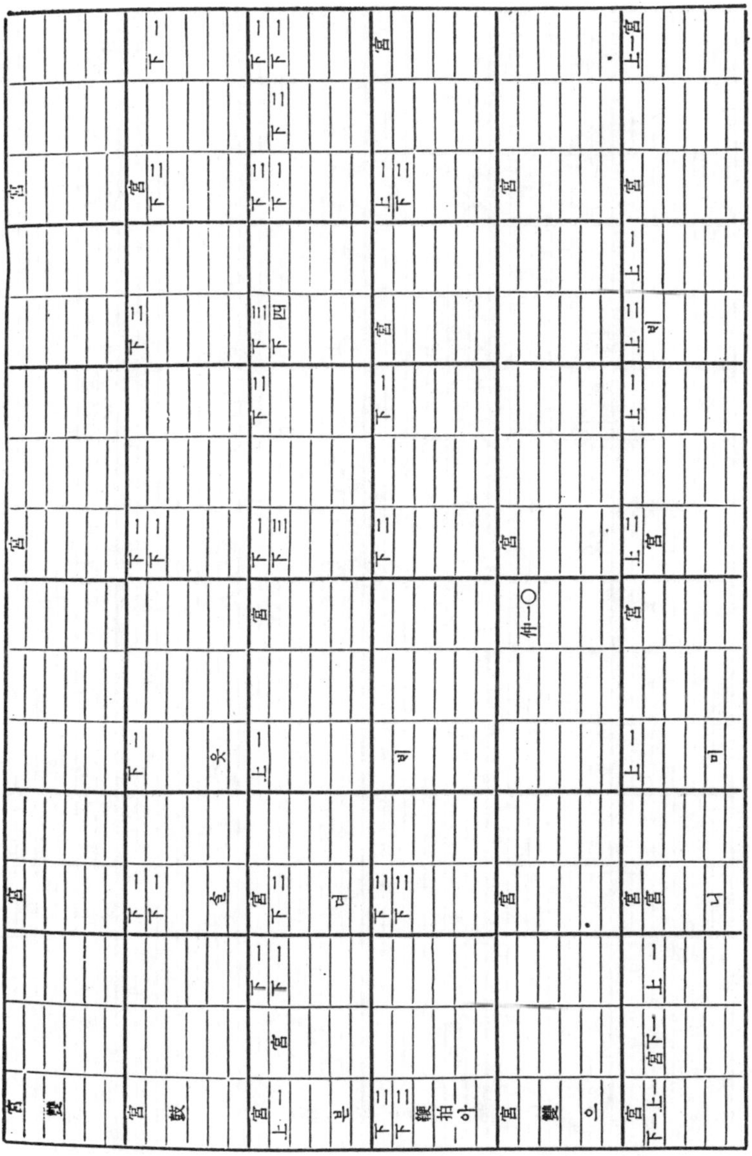

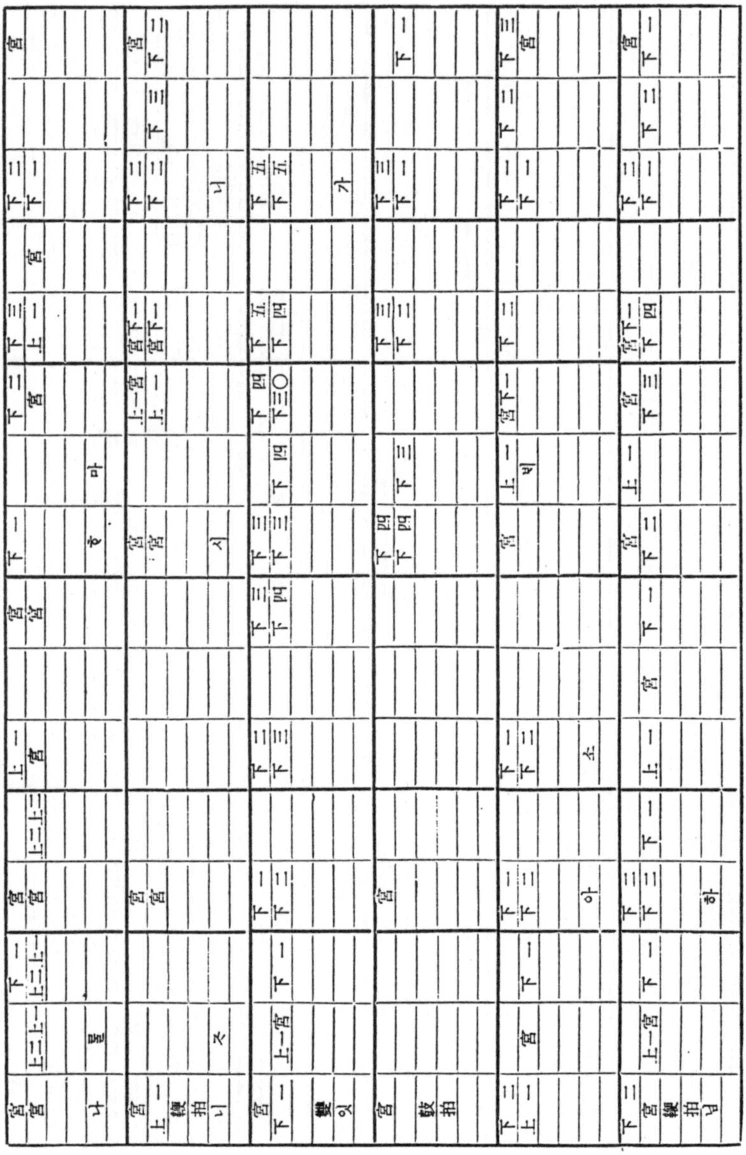

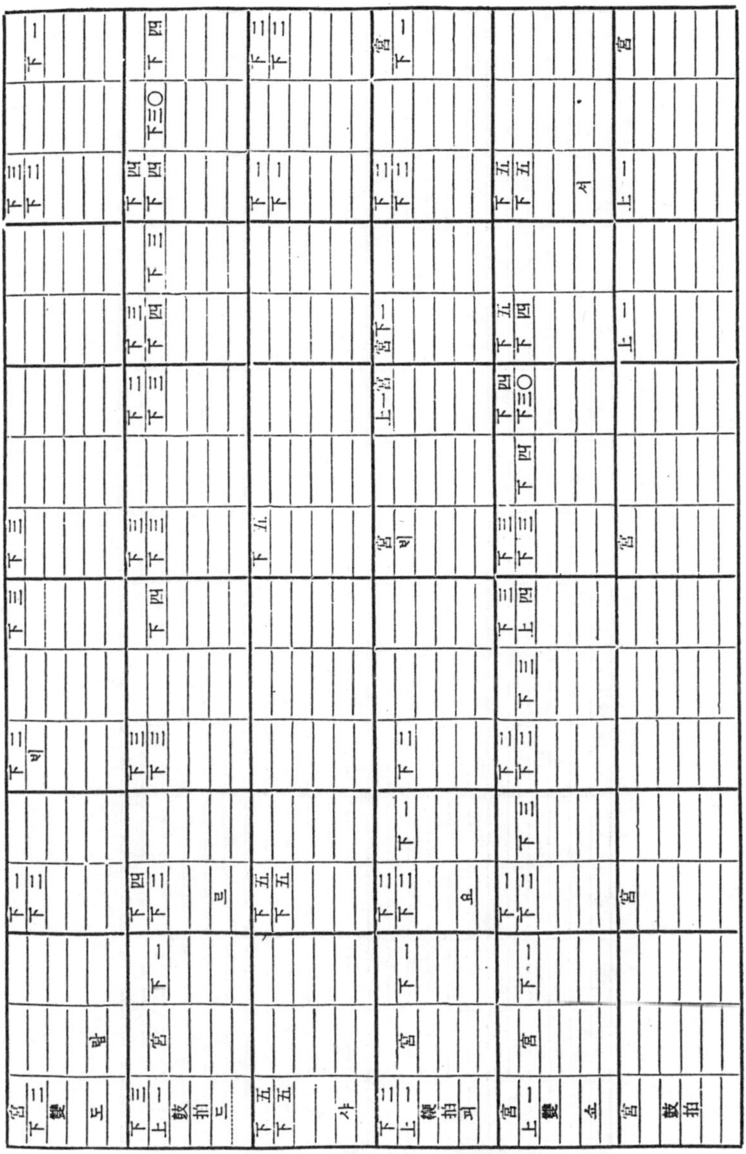

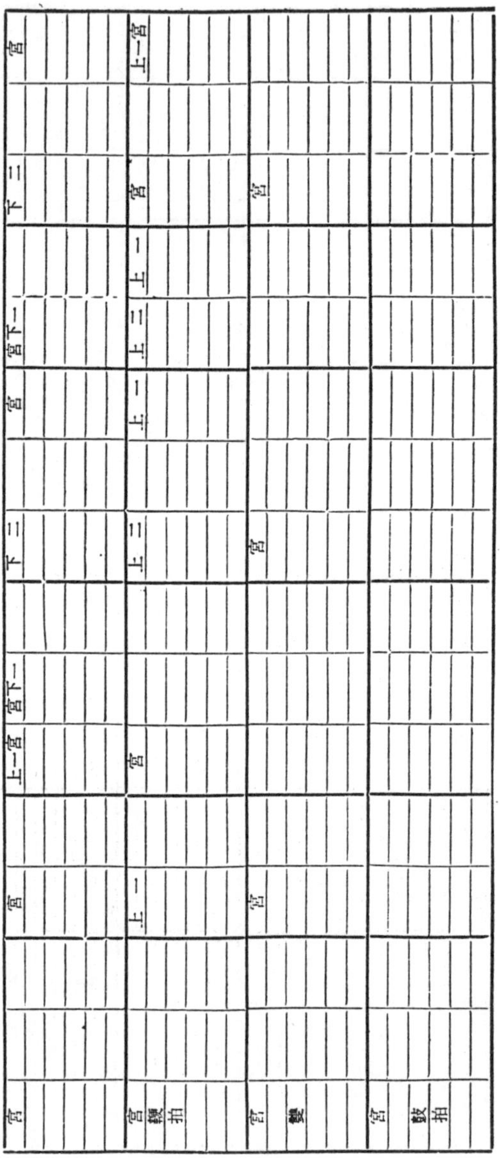

宮　宮搖拍　宮雙　宮鼓拍

眞勾二

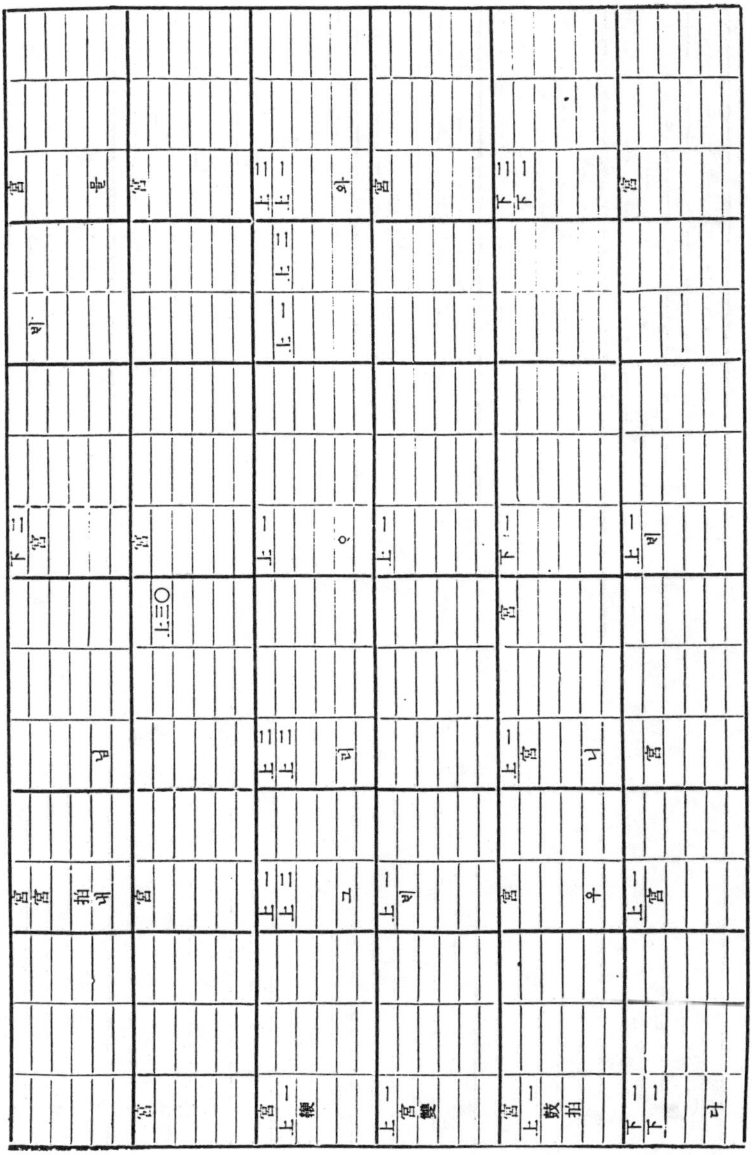

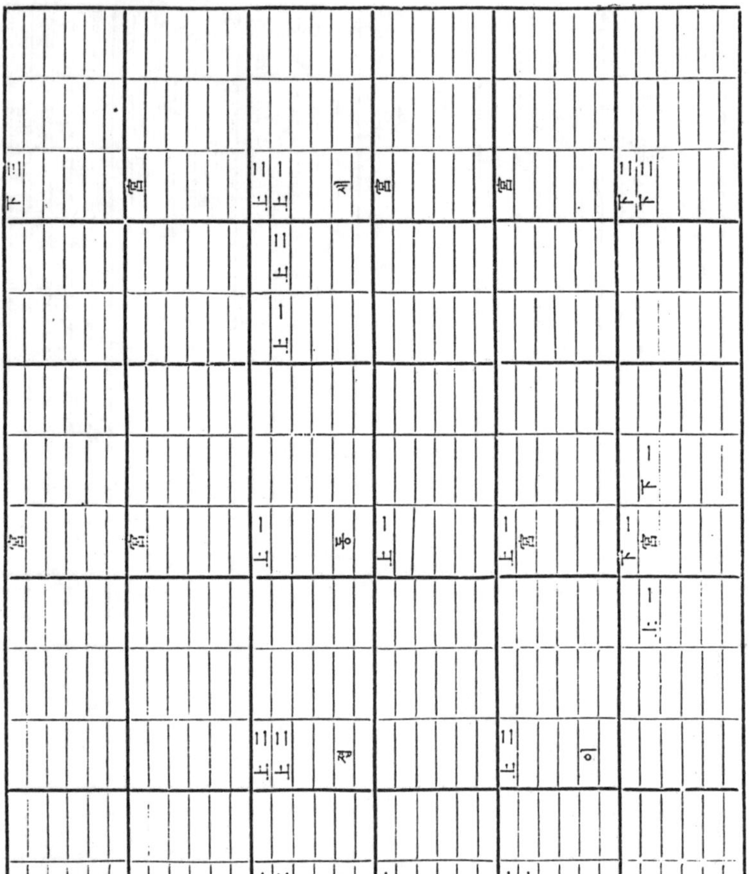

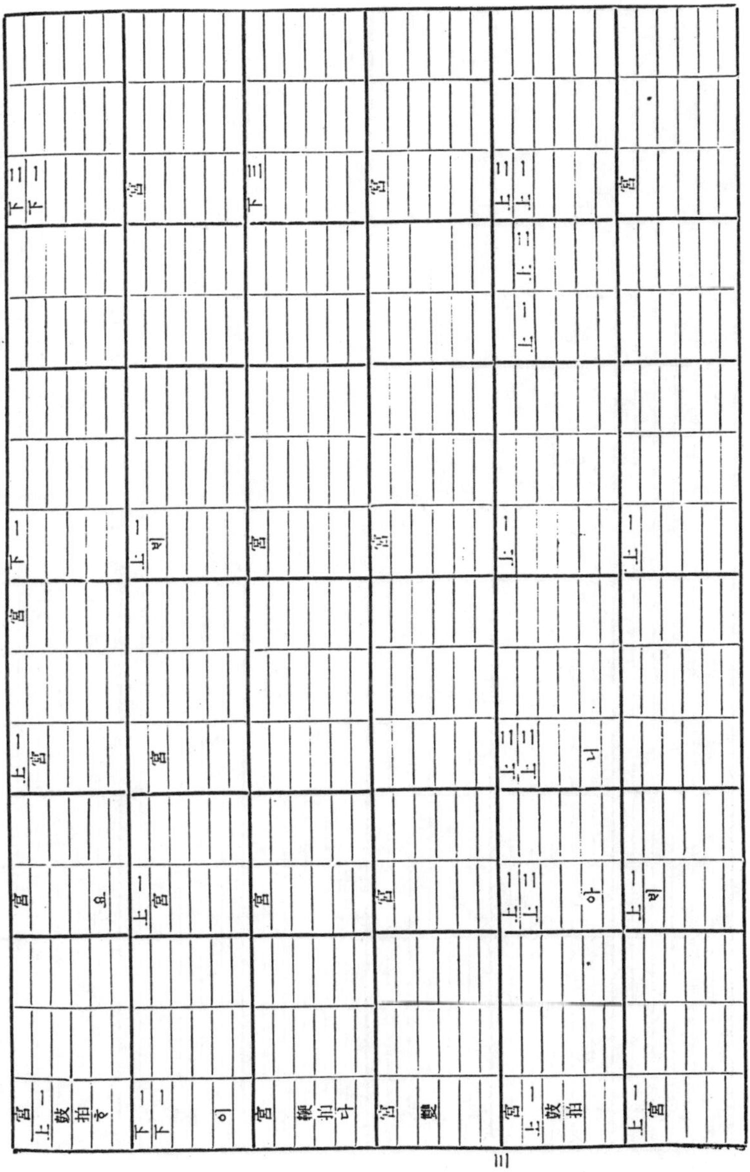

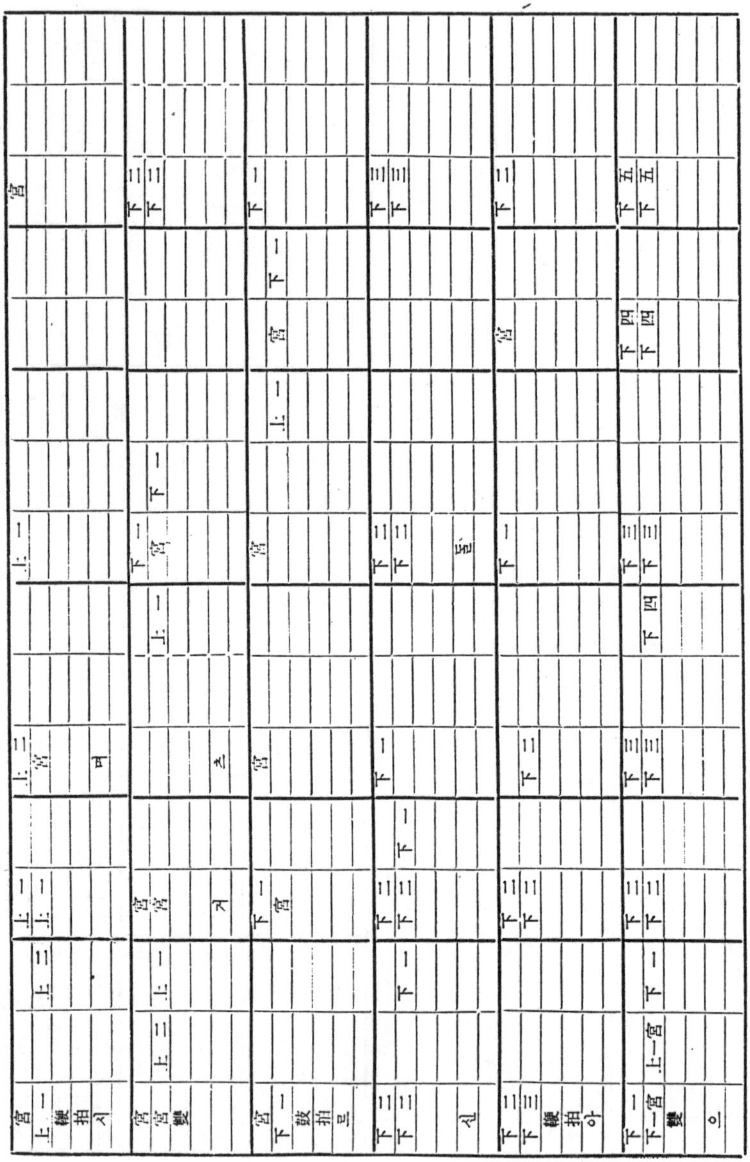

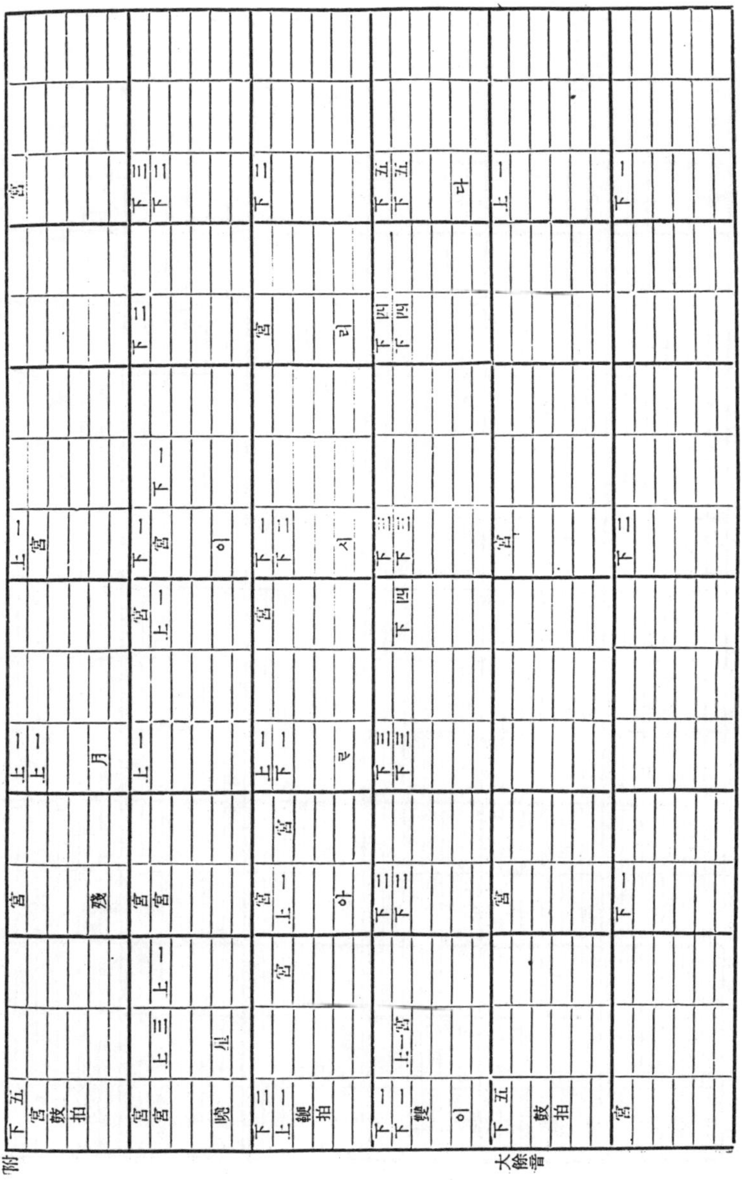

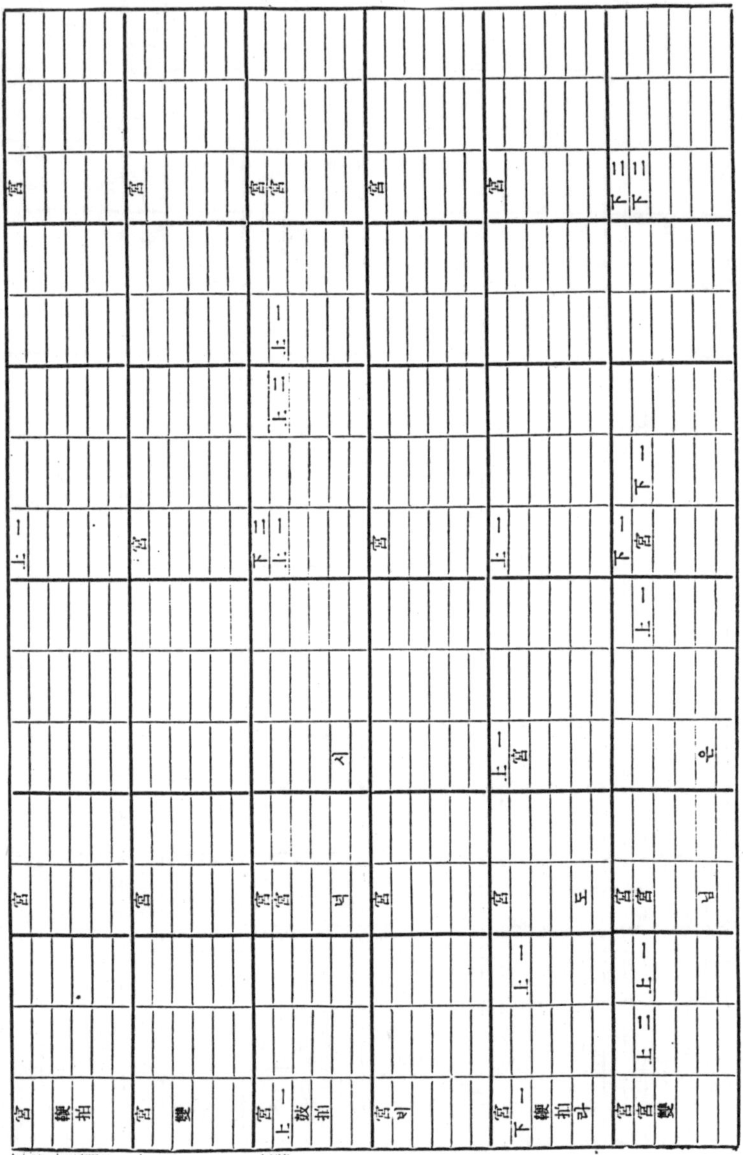

大㙉

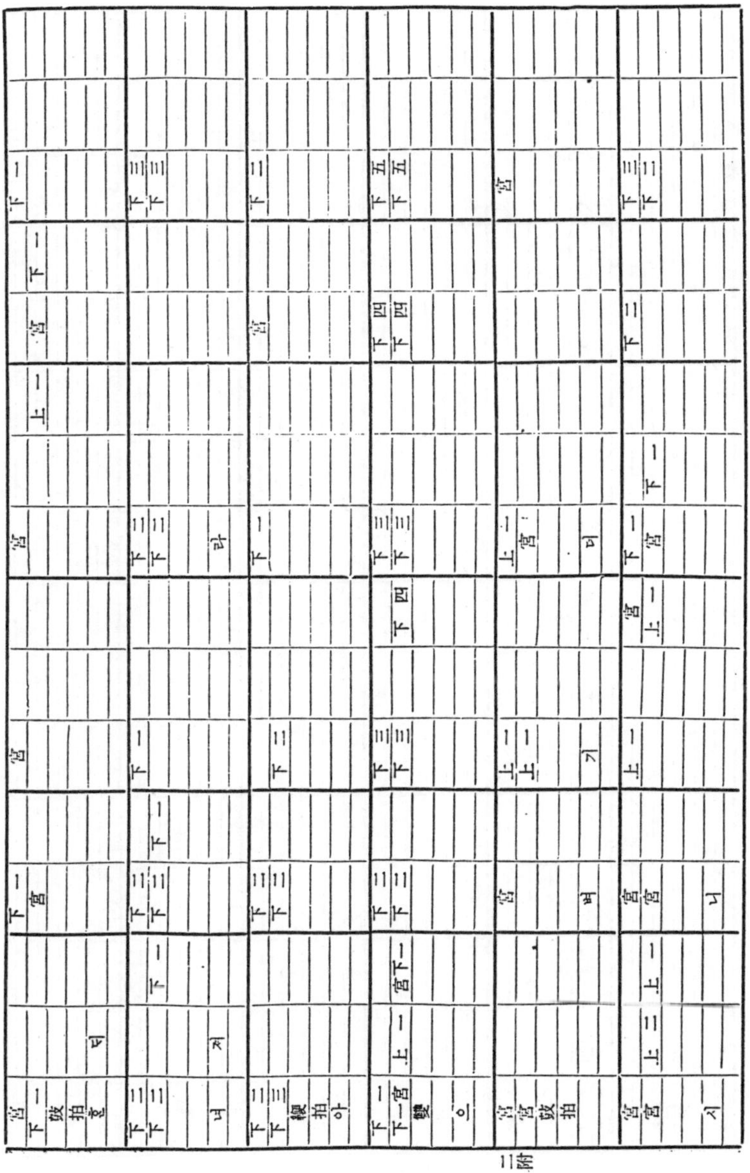

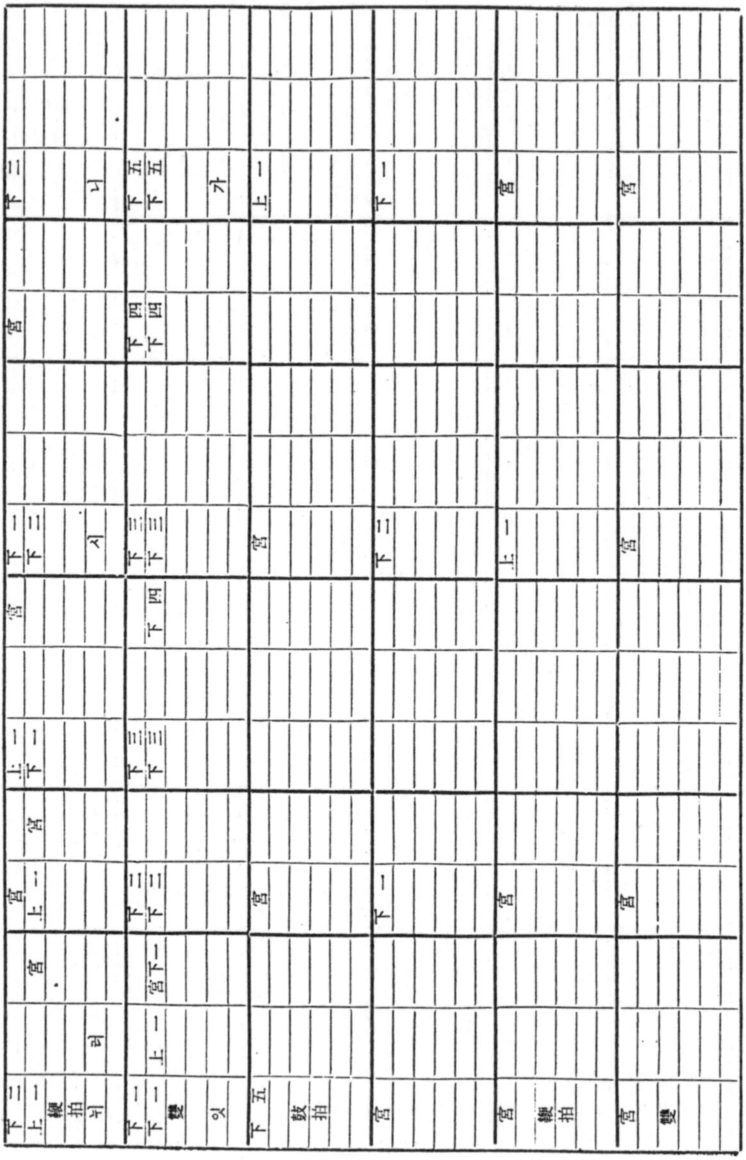

下二　　니　下五下五　가　上一　　下一　　　宮　　　　　宮

宮　　　下四下四　　　　　　　　　　　　　　

下二下一　시　下三下三　　　宮　　下二下一　上一　　　宮

宮　　　下四　　　　　　　　　　　　

上一下一　　下三下三　　　　　　　　　

宮　　　宮

宮下二上一　下二下一下二下一　宮　　下一　　宮　　　宮

宮　　　宮下二下一　　　　　

下二　　러　上一　　　　　

下二上一　搖拍　니　下一下一　雙　잇　下五　鼓拍　宮　　　宮　搖拍　宮　雙

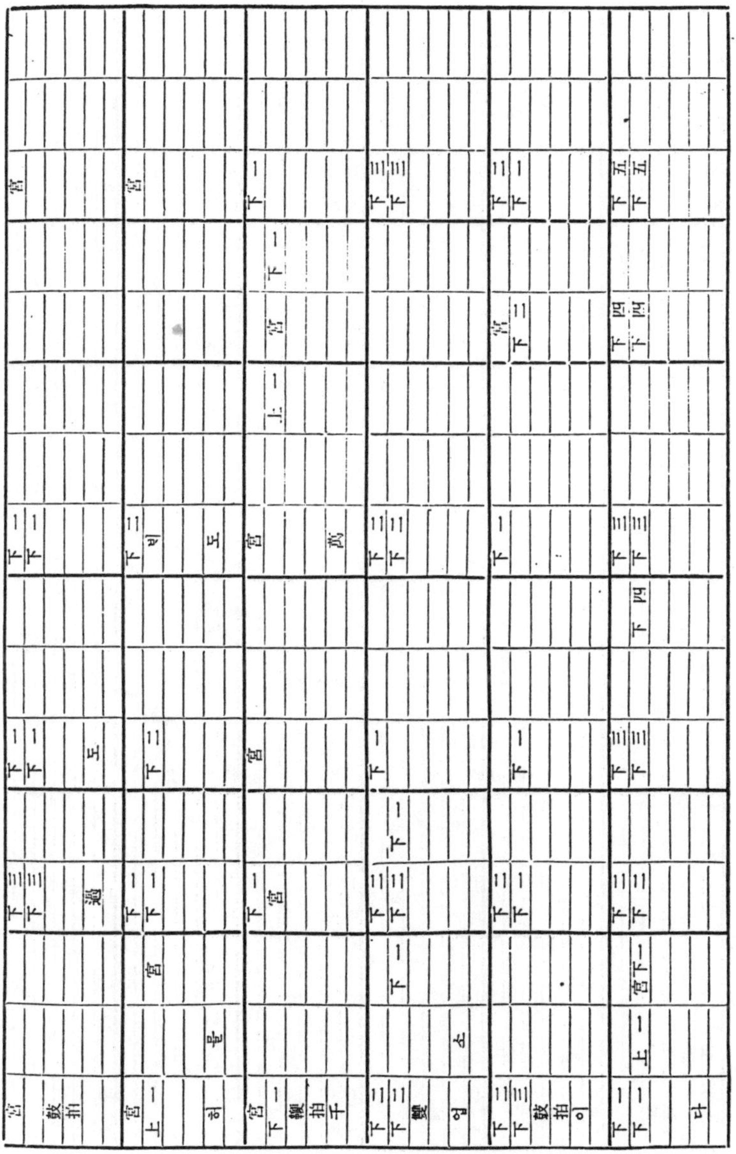

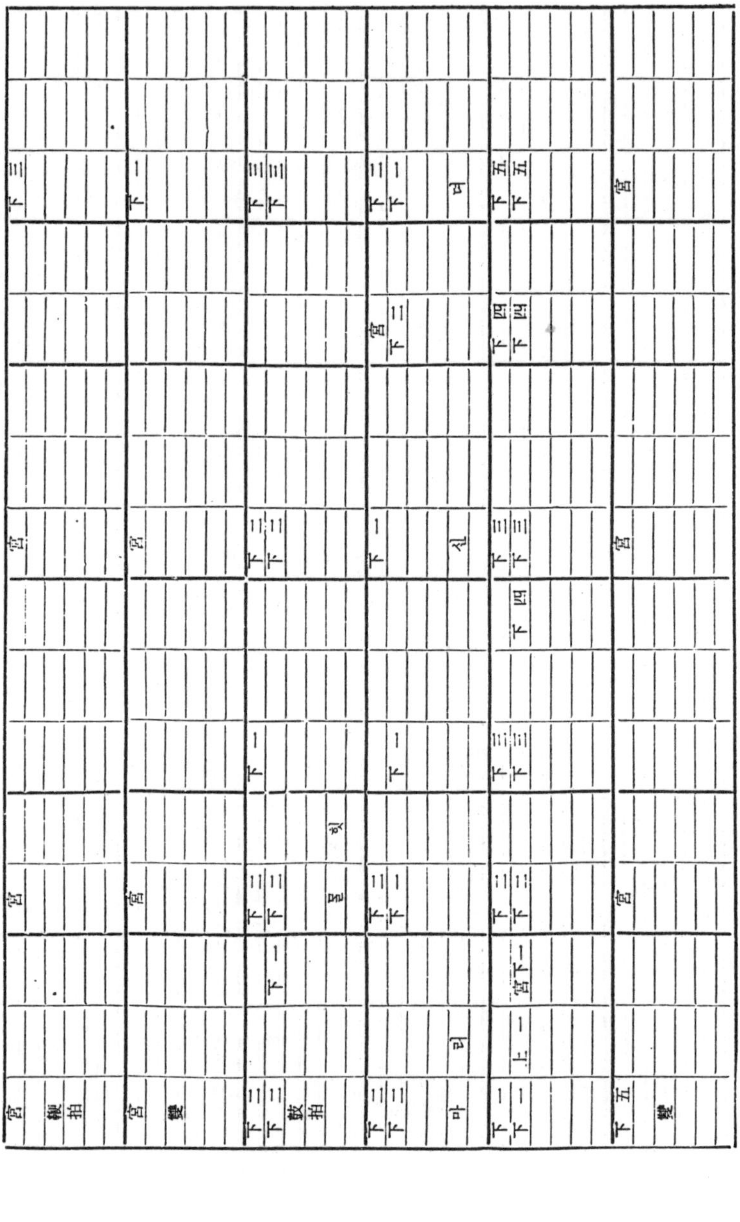

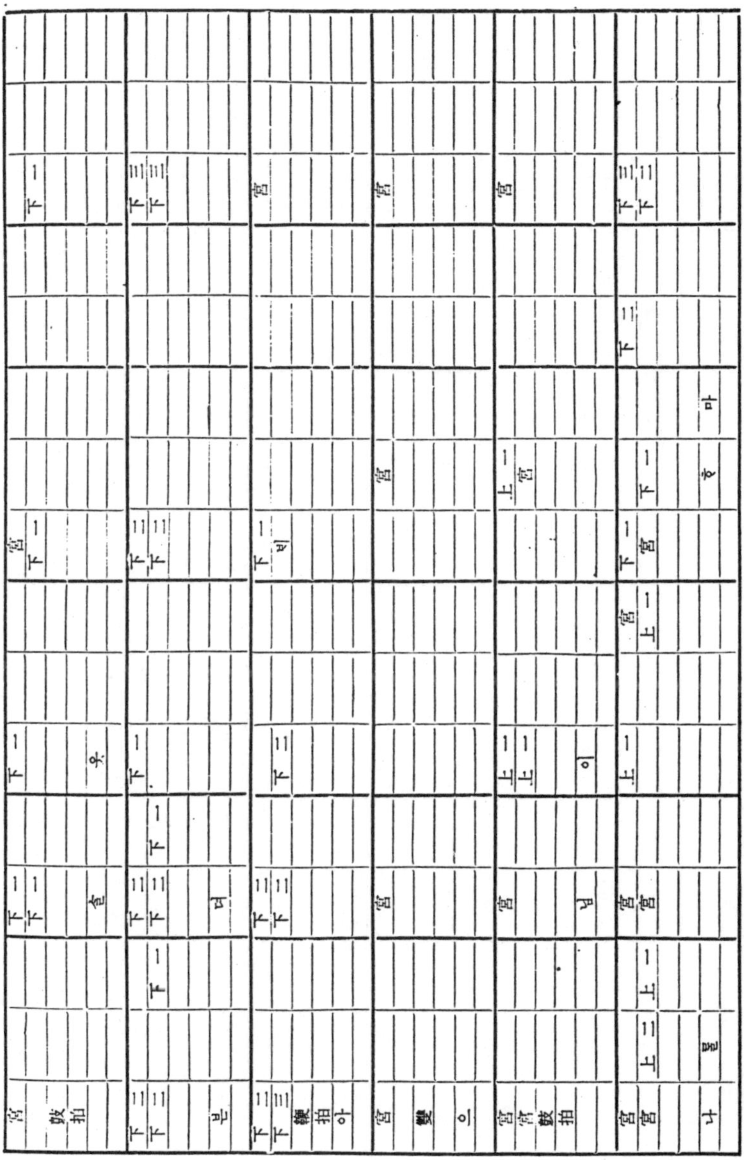

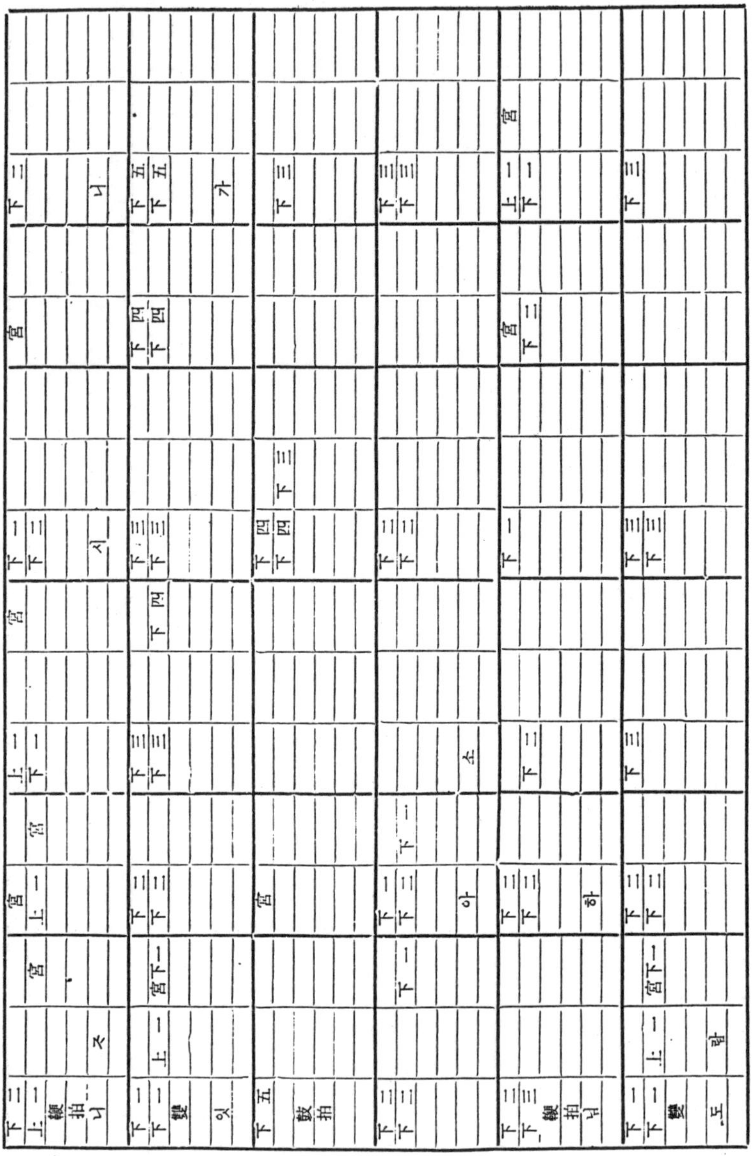

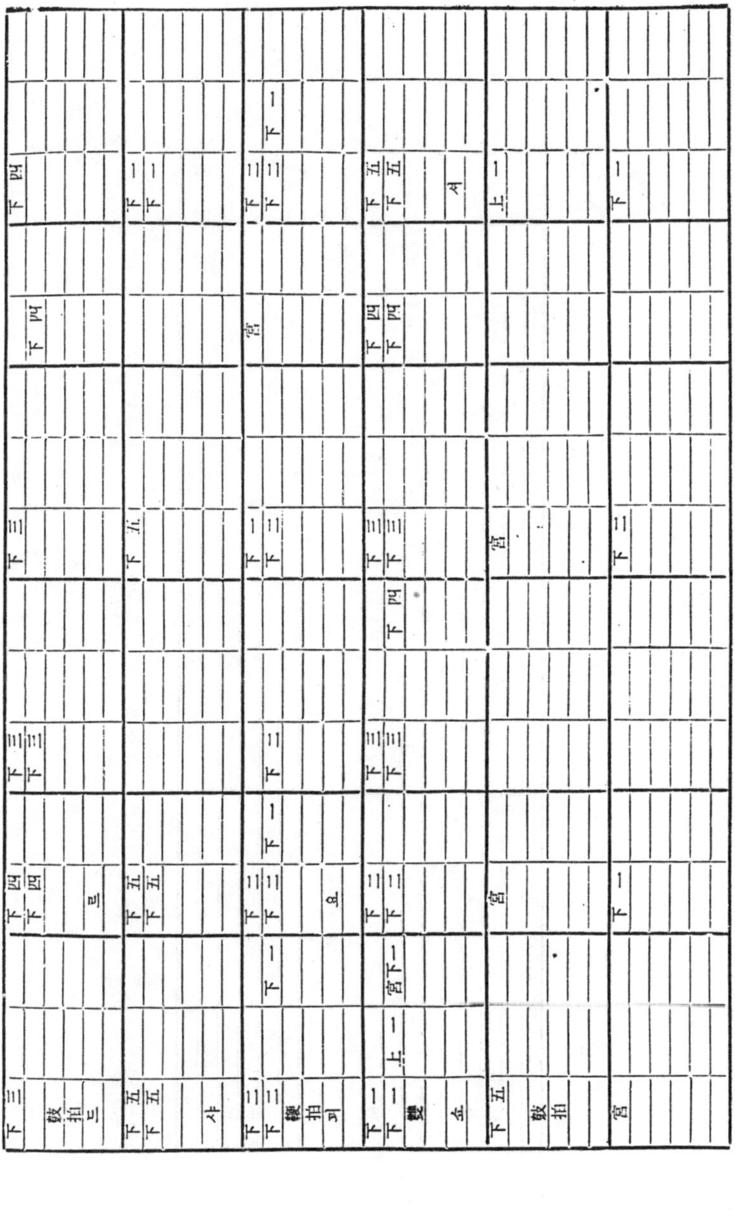

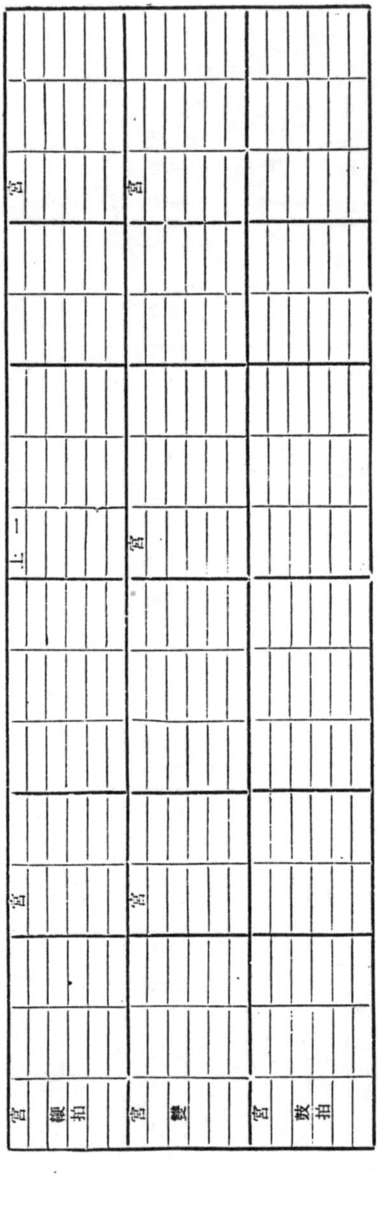

宮　　宮

上一　宮

宮　　宮

宮　縵拍　　宮　雙　　宮　散拍

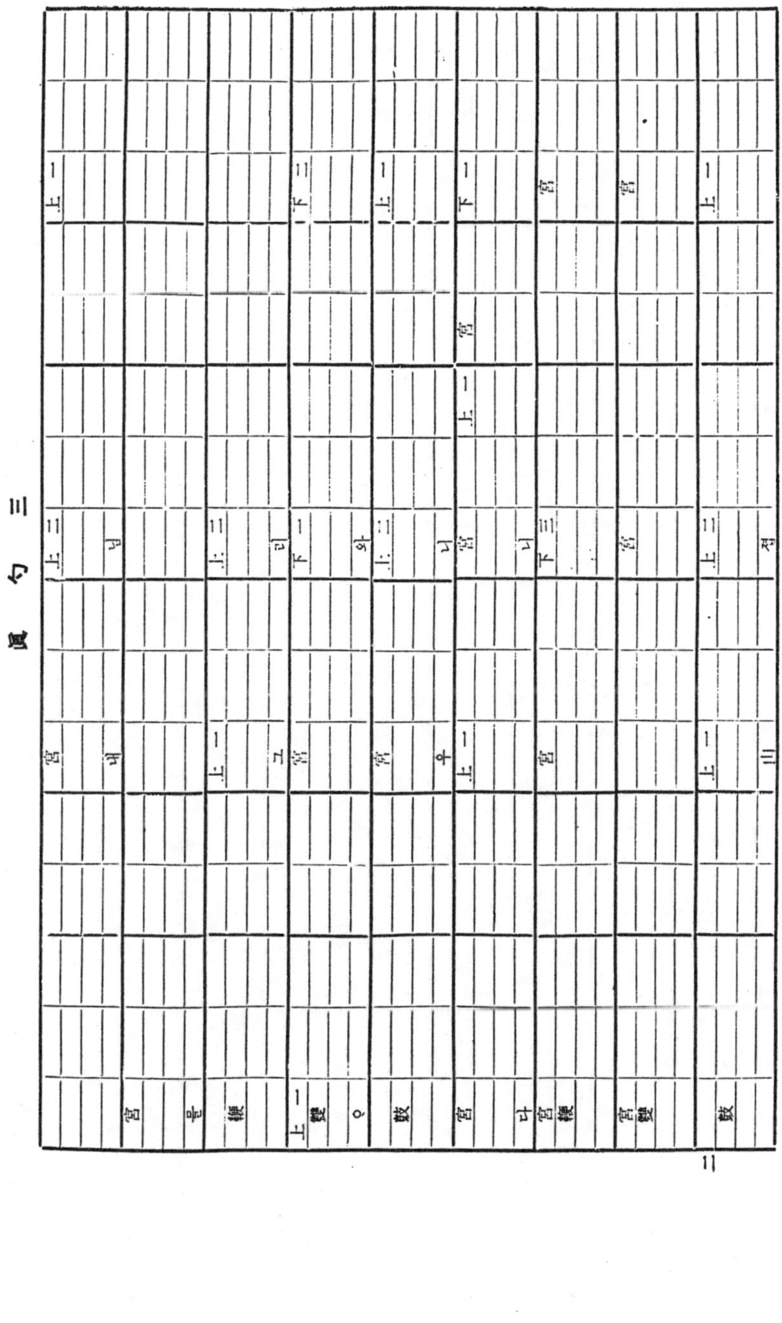

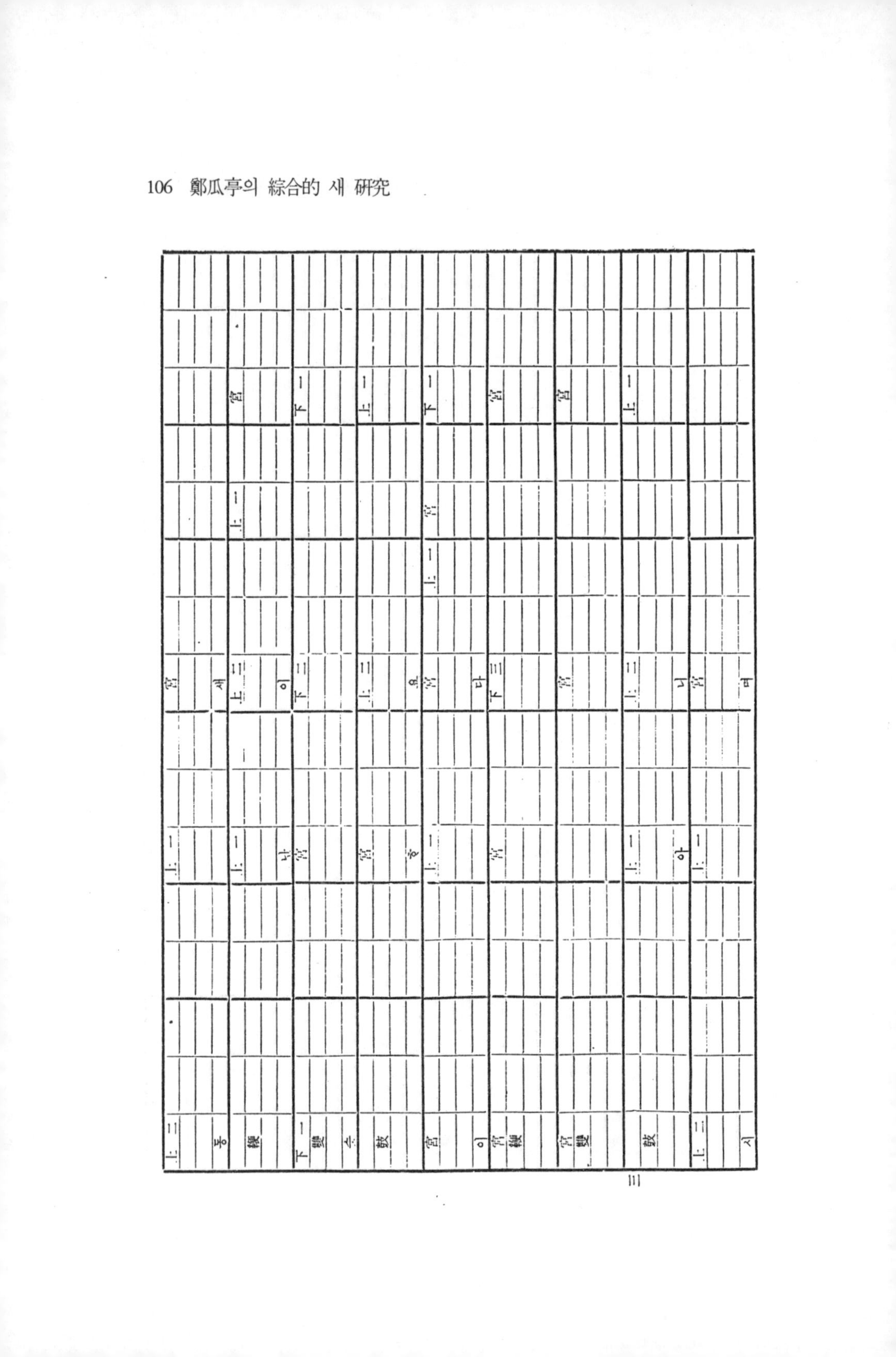

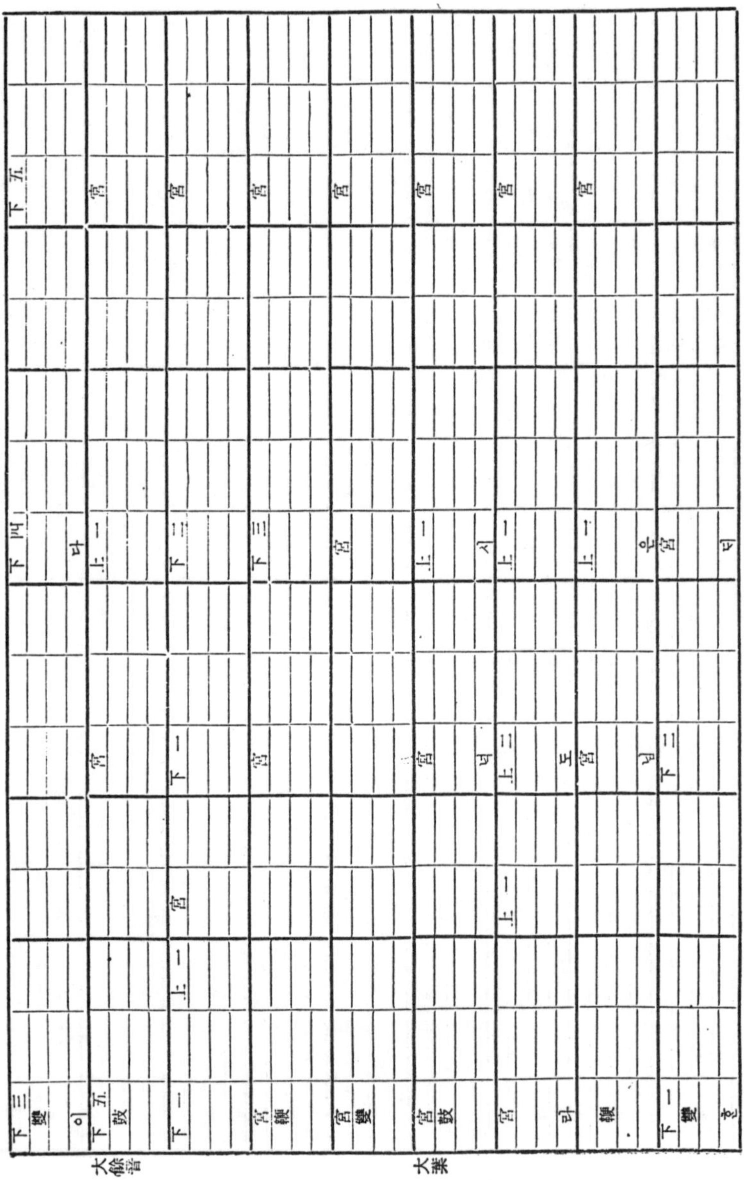

大餘音   大業

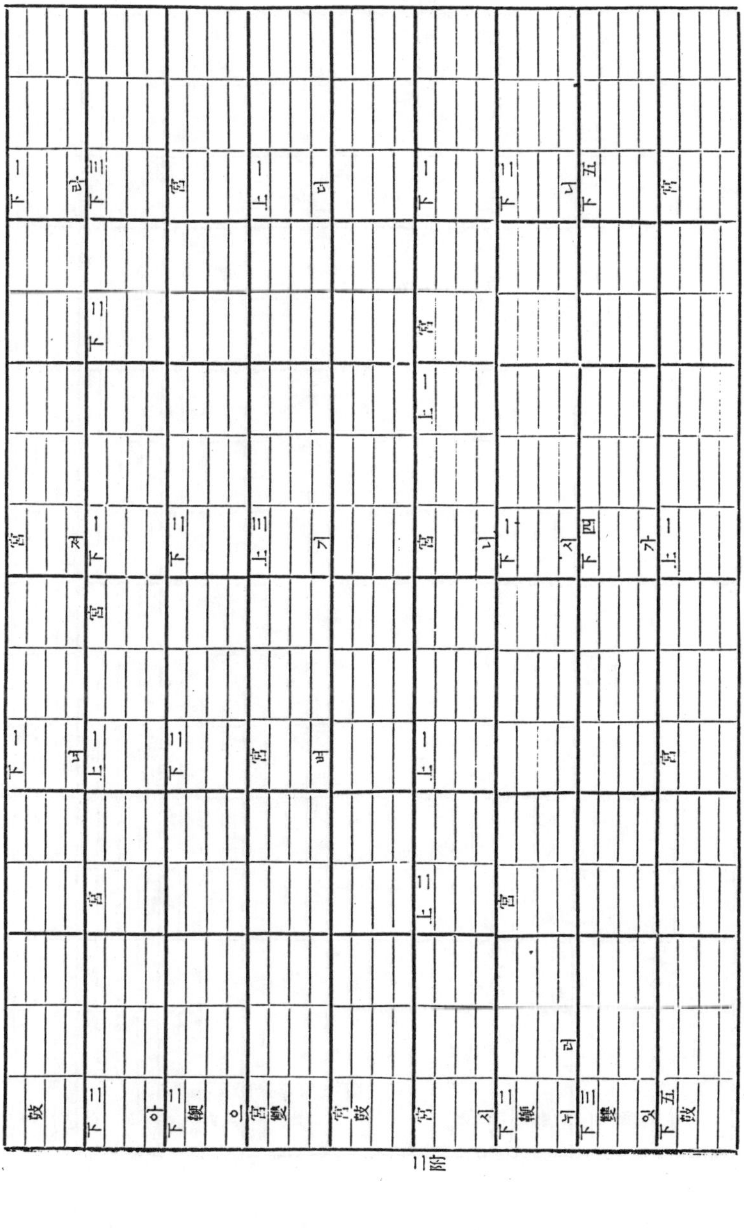

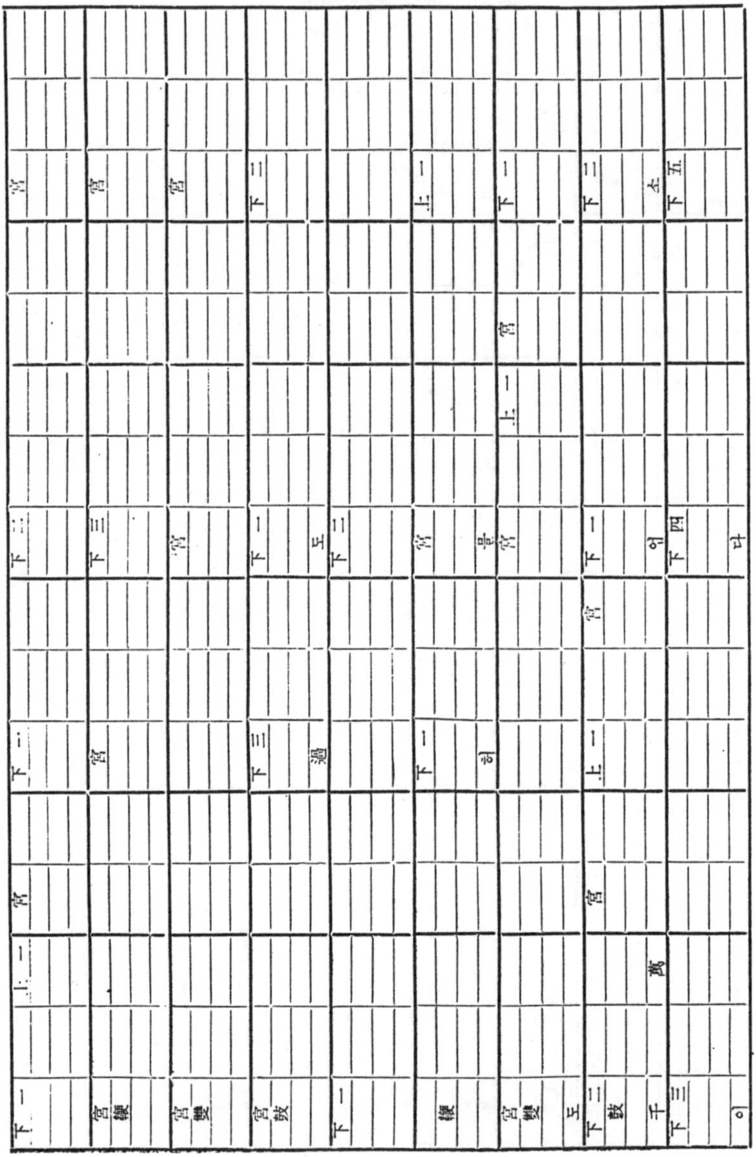

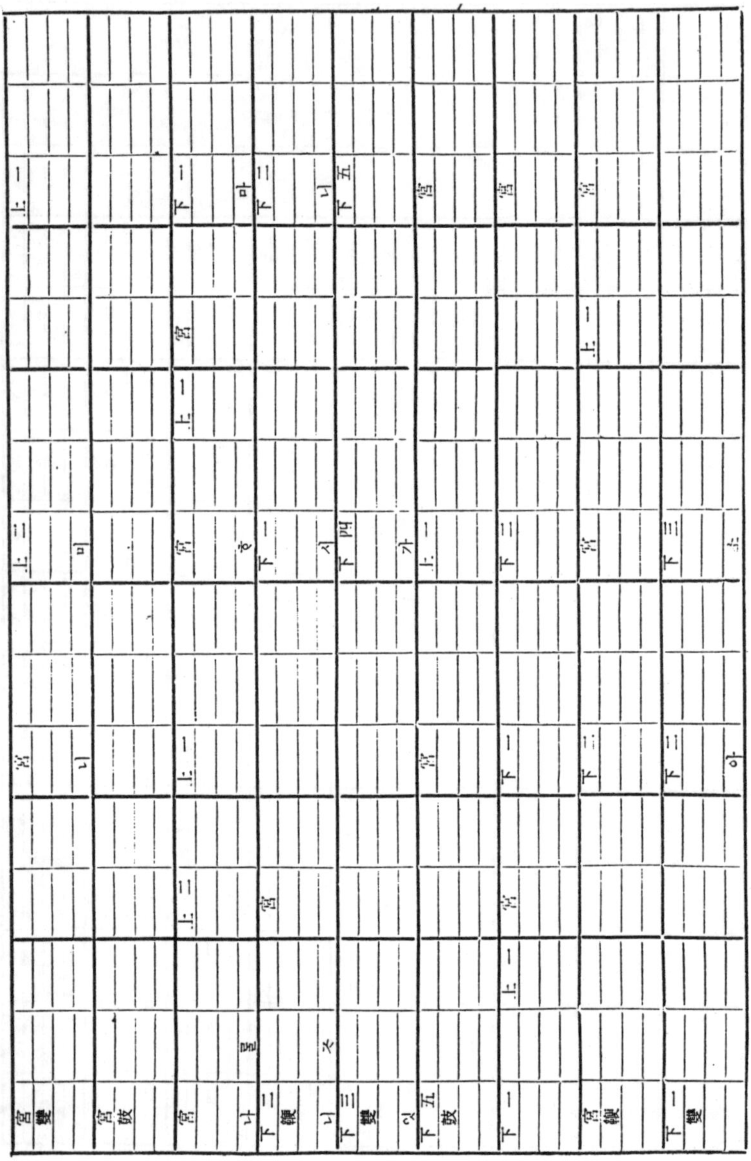

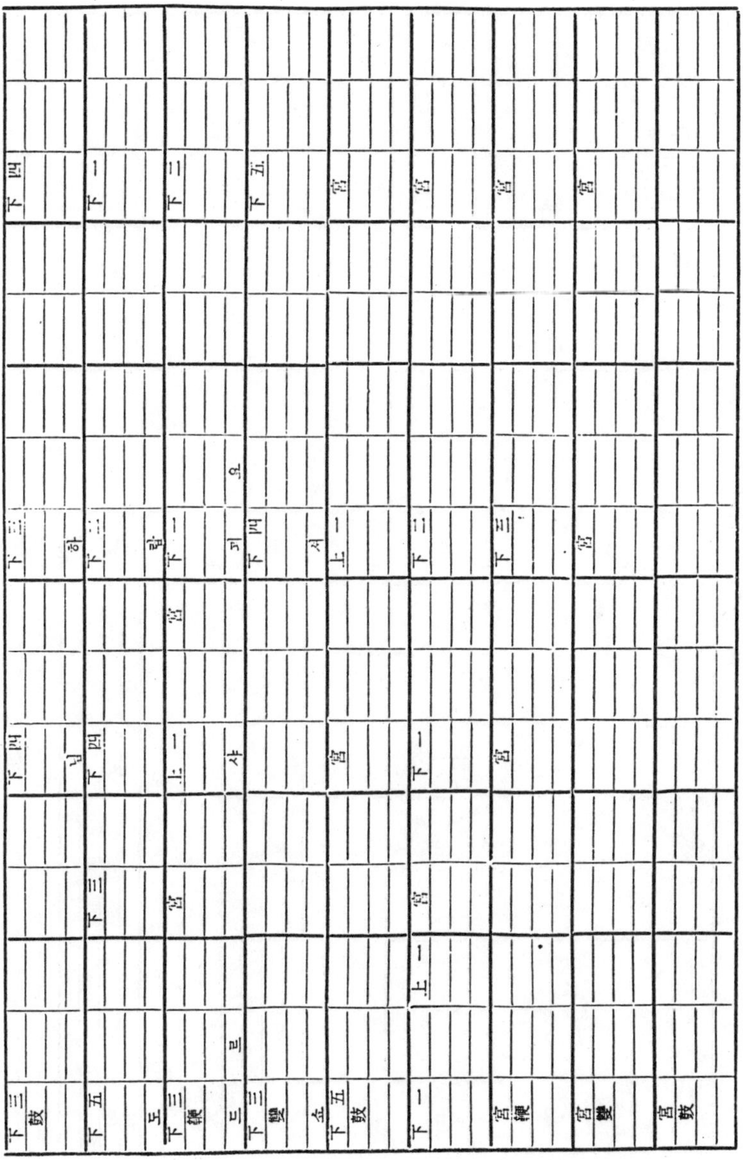

直 句 (四)

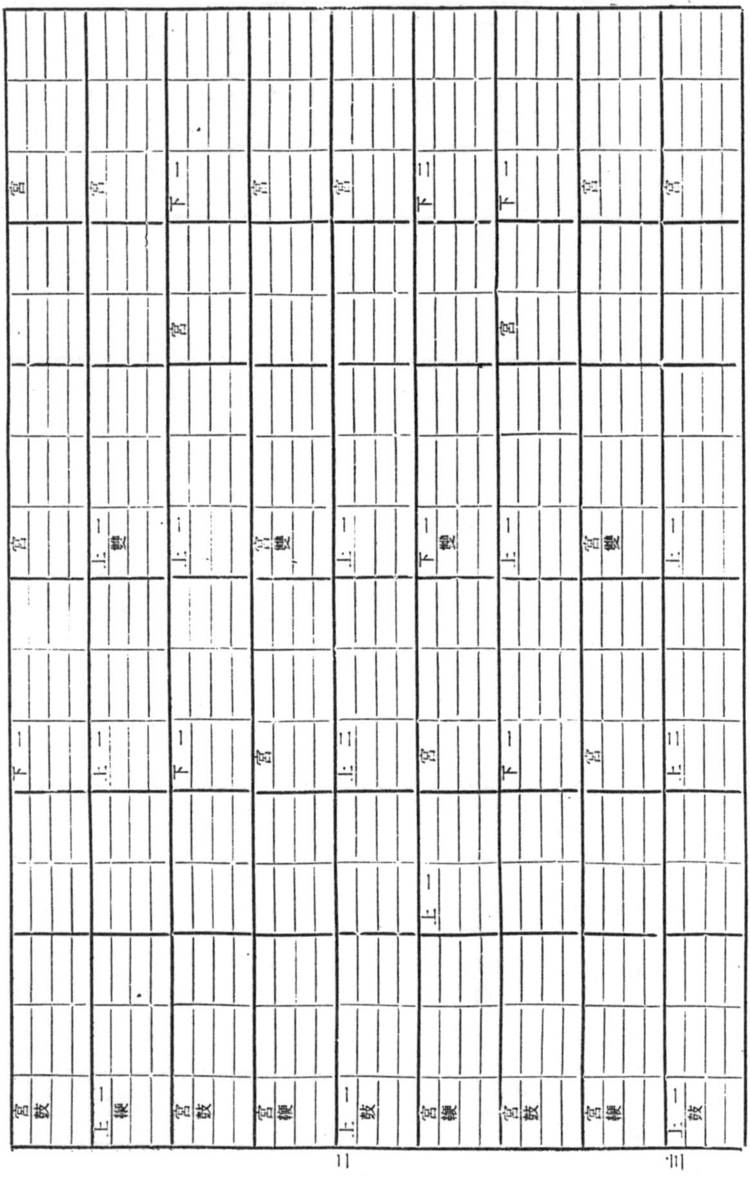

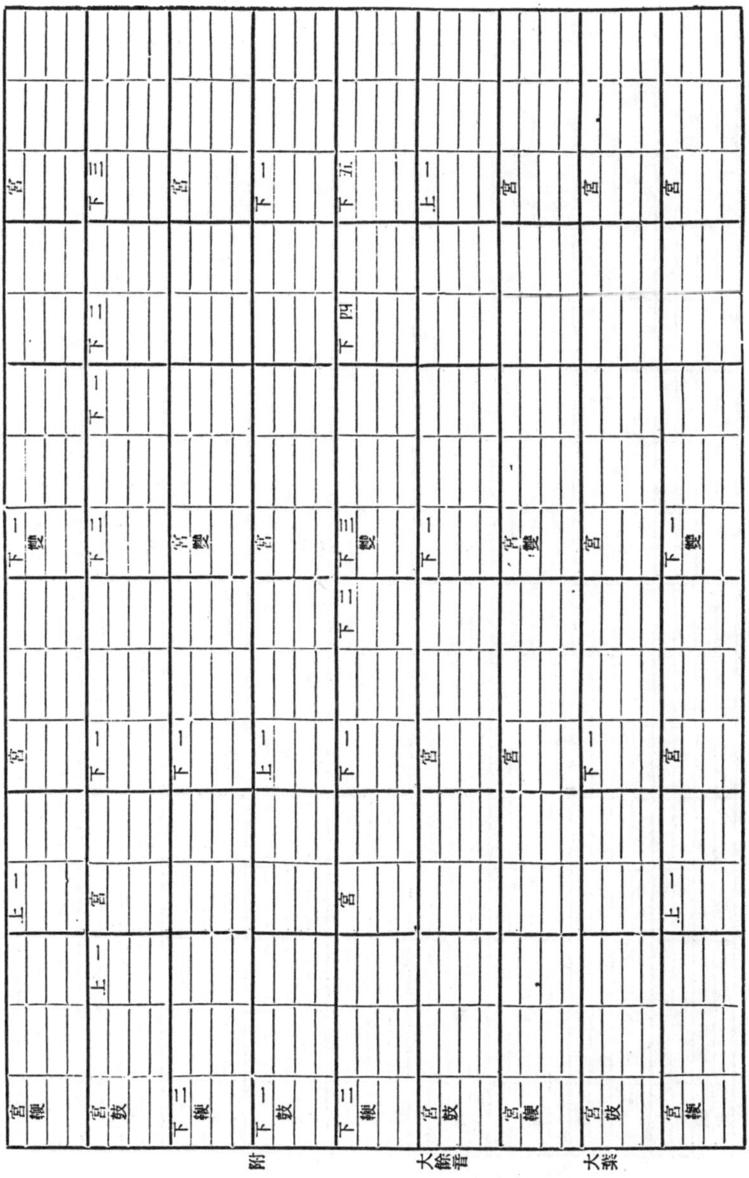

									下一	下五
三下	宮	一下	五下	一上	宮	二下			四下
二下			四下						
一下									
二下	宮雙	宮	三下雙	一下	宮雙	一下	宮雙		三下
									二下
一下	一下	一上	一下	宮	宮	一下	一上		一下
宮		宮							宮
一上									
宮鼓	三下鞭	一下鼓	二下鞭	宮鼓	宮鞭	三下鼓	一下鞭		二下鼓

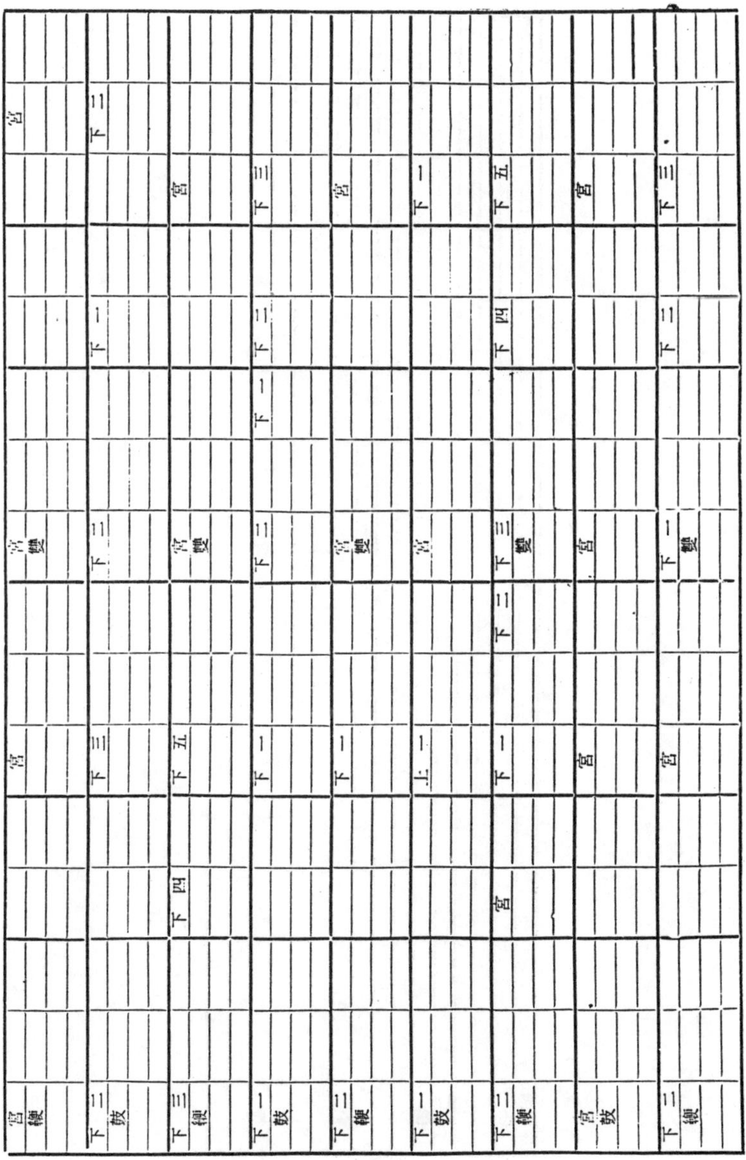

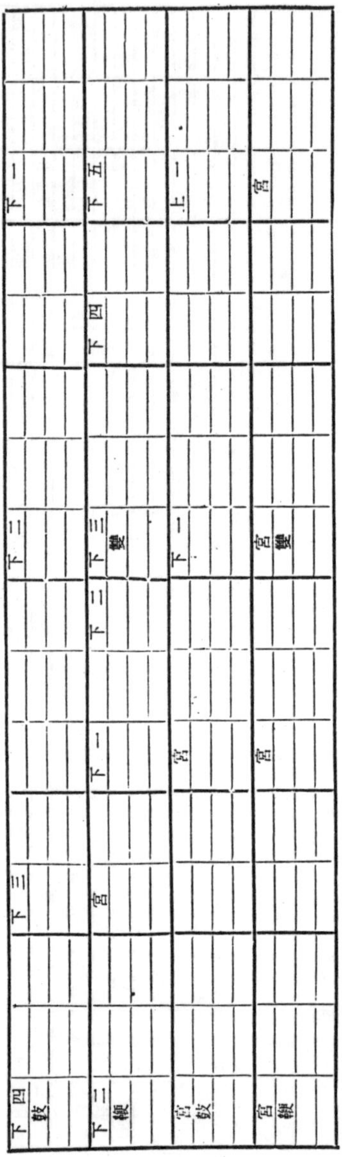
下四
鼓
下二
鞭
宮
鼓
宮
鞭
下三
下二
下一
下五
下四
上一
宮
雙

隨樂節舉袖而落〔隨手而皆舉舞足他方倣此〕舞黃者南向而舞紅者向中央對舞黃者西向而舞白者向中央對舞託擊鞉黃者不出其方周旋而舞〔左旋○右手皆兩度〕青紅黑白者並不出其方一時向中央而舞〔右旋○並左右手皆兩度〕託回舞〔者先出〕黑出其方周旋而舞〔右旋○並左〕三匝各還立其方並向而舞擊鞉黑者舞退〔先退左足〕紅者舞進〔先退右足〕五者稱行而舞樂漸緊則奏鳳凰吟急機連奏三真勺娘唱其歌

前腔 님을 그리ᄉ와 우니다니
中腔 山졉동새 난 이숫ᄒᆞ요이다
後腔 아니시며 거츠르신ᄃᆞᆯ 아으
附葉 殘月曉星이 아ᄅᆞ시리이다
大葉 넉시라도 님은 ᄒᆞᆫᄃᆡ 녀져라 아으
附葉 벼기더시니 뉘러시니잇가
二葉 過도 허믈도 千萬 업소이다
三葉 ᄆᆞᆯ힛 마리신뎌
四葉 ᄉᆞᆯ읏븐뎌 아으
附葉 니미 나ᄅᆞᆯ ᄒᆞ마 니ᄌᆞ시니잇가
五葉 아소 님하 도람 드르샤 괴오쇼셔

黃者仍立而舞青紅黑白者舞退齊行而舞〔或左右手皆一隻兩度〕黃者舞退青白者舞

『악학궤범 제5권의 원문』

찾아보기

□ **이승명**

경북 포항 출생, 경북대 국어국문학과 졸
경북대 대학원 국어국문학과 수료, 문학박사
한국어문학회 회장(역임), 한국어문학회 평의원(현)
한글학회 평위원(현)
대통령 표창 수상, 국민훈장 동백장 수상, 홍조근정훈장 수상
신라대학교 교무처장(역임), 고려대학교 객원교수(역임)
신라대학교 교수(현)

▶ 주요 논저
동음어의 연구, 국어상대어론, 의미 관계와 범주, 국어 미각표시 어군의 구조
에 대한 연구, 국어 색상 표시 어군의 구조에 대한 연구, 한국어 가열표시 어
군의 구조에 대한 연구, 중·근세 국어 부사 어휘의 변천, 「N+없다」의 구조
외 논문 80여 편

국어 어휘의 의미구조에 대한 연구, 형설출판사
심리언어학, 계명대출판부
추상과 의미의 실재, 박이정출판사
의미론 연구의 새 방향, 박이정 출판사

鄭瓜亭의 綜合的 새 硏究

2003년 2월 27일 제1판 1쇄 발행

지은이 | 이승명
펴낸이 | 송미옥
펴낸곳 | 이회문화사

등록 | 1992년 5월 2일(제6-0532)
주소 | 서울시 동대문구 답십리동 488-338 부영빌딩 503호
전화 | (02) 2244-7912~3   팩스 | (02) 2244-7914
전자우편 | ih7912@chollian.net

정가 10,000원

ISBN   89-8107-219-1   93810